상
온
보
관
의

마
음

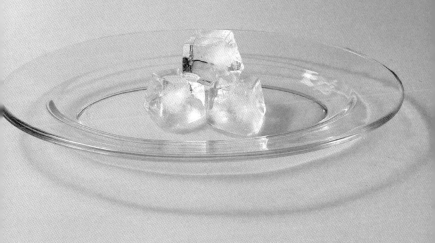

진서하

상온보관의

마음

가만 두어도 오래 괜찮을 마음으로

오늘은 샤워실 수도꼭지를 어제보다 왼쪽으로 좀 더 돌려야 했습니다. 추워진 날씨에 적응하는 일은 아침의 샤워로 시작됩니다. 젖은 몸과 머리카락을 잘 닦고 말린 뒤 서둘러 베란다 문을 닫습니다. 얇은 옷을 한 겹 더 겹쳐 입을지, 셔츠 안에 티셔츠를 입을지 한참 고민하다가 가벼운 외투를 챙겨 나가기로 합니다. 따뜻한 물 한 잔과 스프 한 그릇으로 속을 데웁니다. 텀블러엔 미지근한 보리차를 담고 목에는 가벼운 스카프를 맸습니다. 어제 산 식빵은 식탁 위에 그대로 두기로 합니다. 빨래는 베란다에서 잘 말라가고 있습니다. 사흘 전 산 꽃은 아직도 생생하고요. 양말을 챙겨 신고 운동화를 신습니다. 현관문을 닫고 돌아서자 코끝이 싱그럽게 맵습니다.

그곳은 어떤가요? 묻고 싶을 때가 많습니다. 묻고 싶은 마음에 비해 가닿은 다정이 많지 않은 건 조금 부끄럽습니다. 잘 지내니 하고 묻는 대신 잘 지내겠지 하고 마음대로 생각하곤 합니다. 단정 뒤에 멋대로 소망을 감추면서요. 시간과 장소를 따라 온도는 변하고 그 안의 우리도 다른 사람이 됩니다. 날을 따라 쉽게 웃고 더러 울기도 합니다. 별거 아닌 일에도 나를 잘 미워하다가도 아무 생각 없는 반질반질한 하루를 보내는 때도 있습니다. 좋은 하루를 보내고 난 뒤에는 생각합니다. 오늘 이 마음의 온도가 나의 상온이면 좋겠다고요.

날마다 소금씩 다른 온도를 온몸으로 통과하며 살면서 나는 바랐습니다. 어떤 상황에서도 우리가 괜찮기를, 언제나 내가 그럭저럭한 마음으로 살기를. 순간의 온도에 쉽게 휘둘리지 않기를. 영원보다 순간을 더 사랑할 수 있기를.

늘, 기쁨과 슬픔의 한 가운데에서 평온하고 싶었습니다. 아무것도 꾸며내지 않고 어느 것에도 집착하지 않는 사람이고 싶었습니다. 다시 말하자면 나는 그런 사람이 못 되었고 그 때문에 고통받곤 했습니다. 모난 나를 잘 달래며 살아가는 일은 여전히 어렵습니다. 다만 깨달은 것은... 꾸며내고 집착하며 요동치는 나를 그냥 내버려 두는 일이 아주 중요하다는 사실입니다. 그리고, 부끄러워도 그런 나를 잘 내놓을 줄 알아야 한다는 것까지도요.

나는 의자 끄트머리에 엉덩이를 걸치고 발끝을 세운 채 앉는 사람입니다. 낙관은 오래도록 내게, 먼 나라 밝은 곳에 걸린 이름 있는 미술품 같은 것이었습니다. 아주 큰마음 먹고 가야만 구경이나 해볼까 싶은 것. 상상하기 위해 다른 상상을 동반해야 하는 것. 숨처럼 비관을 가까이하고 있으면 세상은 내게 자신의 밝은 곳을 내어주고 어두운 곳을 보여주기도 했습니다. 아마 늘 그래왔을 텐데요. 바라볼 용기를 낸 건 오래되지 않았습니다. 바라보고 있으면 서서히 스며들었습니다. 낯설고 따뜻한 것들이 침범할 때 기꺼운 마음으로 속수무책이 되었습니다. 그런 나를 내버려 두는 방식을 택했습니다. 그러다 보면 괜찮아졌습니다.

내가 통과한 타인이 오늘 나의 글을 만들었습니다.
언제나 그렇겠지요. 사랑과 다정, 불안과 미움 사이의 많은
단어들을 떠올립니다. 우리는 그사이 어느 한 단어에 잠시
앉았다가 마침내 사랑으로 돌아오게 될 것입니다. 사랑의
자리에 앉아 다른 단어들을 바라보며 여러 날을 썼습니다.
수많은 단어와 사람들 사이에서 나는 이제 겨우, 그대로 있어도
괜찮다고 말할 용기를 냈습니다. 있는 그대로 내보이고 써볼
마음이 생겼습니다. 영원 같던 순간은 결국 순간이었음을
깨달은 후에야 쓸 수 있었습니다. 시간을 소화하는 데 다소
오랜 시간이 걸리는 나를 미워하지 않고 기다려줬습니다.
차갑거나 뜨거운 마음을 상온에 두고 천천히 식힌 다음, 알맞은
온도가 되었을 때 겨우 이렇게 써냅니다.

높고 낮은 여럿의 온도 사이에서 나는 참, 야속하게도
계속 나네요. 더는 바꿀 수 없는 것에 머물지는 않으려 합니다.
마음의 일교차는 가만 두고 보려고 합니다.

여전히 나의 낙관에는 많은 이유와 더 많은 핑계가
필요합니다. 다만 그것을 미워하지는 않을 수 있게 되었습니다.

10월에,
진서하

목차

무덤 앞에서 마시는 커피 · 11

낯설고 새로운, 아침 · 19

먼 곳에 닿은 사랑 · 26

공평한 마음으로 사계절을 지나며 · 34

하숙집 이야기 · 37

마음, 쓰는, 일 · 53

함께 살고 있습니다만 · 58

삼삼삼, 얼음! · 69

히피펌 · 76

돌아오는 새벽은 지금도 · 84

주기적 대환장, 생리의 역사 · 87

서울과 커피 · 94

여전히 도망은 가깝고 · 102

'진짜' 산타 · 104

제주에서 히말라야까지 · 116

평범하고 온전하게, 이해 않는 우리 · 122

거 봐, 맛있지? · 131

반가운 불친절 · 137

결국 닿고 싶은 곳은, · 145

무덤 앞에서 마시는 커피

내가 사는 곳에서 경주까지는 기차로 한 시간 반이 조금 넘게 걸립니다. 갈까 말까 고민할 때는 조금 멀고 귀찮을 것 같다가도, 막상 향하기 시작하면 나서길 잘했다고 스스로에게 여러 번 말해주게 되는 여정입니다. 환승을 위해 동대구역에 잠깐 내리면 수많은 사람들이 제 갈 길을 재촉하는 걸 볼 수 있습니다. 새로운 곳과 새로운 것에 갈급한 공기가 시공을 가득 메우는 그곳에서 경주로 가는 기차를 기다리는 일은 남몰래 흥미로운 일이었습니다. 미래를 향해 바삐 움직이는 곳에서 찬찬히 고개를 틀어 과거를 들여다보러 가는 기분이었으니까요.

경주역으로 향하는 기차에 올라타면 어쩐지 마음이 차분해졌습니다. 기차 안에서 사람들은 눈빛과 손짓으로, 혹은 숨소리에 가까운 목소리로 대화했습니다. 고요하게 이어지는 수많은 대화 사이에서는 언제나 편안하고 자유로운 기분이 들었습니다. 대체로 스스로가 주체일 때 편안함을 느끼는 니이지만, 기차 안에서만큼은 자연스럽게 풍경의 일부가 되는 게 좋았습니다. 시끄러운 바퀴 소리에 생각이나 의지 같은 것을 잠시 감춰둔 채 앉아있다보면 머릿속을 텅 비워낼 수 있었으니까요.

내가 나를 의식하지 않아야 비로소 내가 나여도 괜찮은 날이 오래 반복되는 중이었습니다. 기차 소리가 의식 바깥을 두드리고 그것조차 의식하지 못하는 진공상태에 이르러서야 조금 편안했습니다. 내가 내게 여전히 질릴 때 나는 경주로 향했고 실은 경주에 간다는 마음만으로도 나는 내게서 멀어질 수 있었습니다. 그렇게 멀어지고 나서는 괜찮았습니다. 내가 나인 것이요. 벌써 괜찮아진 마음으로 경주에 도착하곤 했습니다.

지금은 폐역이 된 경주역의 역무원 실 앞에는 커다란 은행나무 한 그루가 서 있었습니다. 은행나무를 보면 비로소 경주에 도착했다는 게 실감 났습니다. 역에 도착해서도 역을 나서면서도 그 나무 앞 벤치에 앉아있길 좋아했습니다. 가만히 앉아있으면 지나가던 역무원분들이 "사진 찍어드릴까요?"하고 웃으며 물어봐 주셨습니다. 나는 사진이 별 필요 없으면서도 그 물음이 좋아서 "네" 하고 잽싸게 대답한 뒤 환하게 웃곤 했습니다. 어떤 사진은 남은 사진보다 사진 이전의 기억이 더 선명하기도 하다는 걸 그 자리에서 배웠습니다.

학창 시절, 경주는 그 어느 도시보다 지겨운 곳이었습니다. 살던 집에 계속해서 머무는 것보다 매번 같은 곳으로 소풍을 가는 일이 훨씬 더 지겹게 느껴지는 건 어째서였을까요. 등굣길 바람에서 가을 냄새가 난다 싶으면 소풍을 기대하던 시절이 있었습니다. 선배들이 작년에 어딜 갔는지 확인해본 뒤 '아 역시...' 하고 늘 탄식했고 탄식의 대상은 경주일 때가 많았습니다. 소풍이나 수학여행, 혹은 가족 여름휴가 같은 이벤트가 있을 때면 으레 찾던 곳이었으니까요. 따지고 보면 그리 자주 간 것도 아니었는데 출발하기도 전부터 지루한 기분이 들었습니다. 지루했다기보다 지루하다 여기고 싶어 했다는 말이 더 적합하겠네요. 경주월드를 지척에 두고 박물관에 가야 한다는 사실이 못내 아쉬웠으니까요.

　삶에 몸을 맡긴 채 살다 보면 종종, 아쉬움과 같은 이유로 사랑을 마음먹게 됩니다. 나도 모르게 이미 그런 일은 벌어져 있습니다. 시간이 주는 병과 약 중에서 약에 가깝겠습니다. 어쨌든 사랑이니까요. 현재와 미래보다 과거가 너른 배경으로 펼쳐진 경주를 나는 늘 지루하다 여겼습니다. 그리고는 어느새 같은 이유로 그곳을 좋아하고 있습니다. 아직 한 줌도 다 모를 인생이지만 이것만큼은 삶의 재미있는 구석이구나, 생각합니다.

　역에서 멀지 않은 곳, 황남동에는 황리단길이라고 불리는 '핫플레이스' 거리가 있습니다. 그 거리엔 얌전한 것들과 왁자한 것들이 반반씩 섞여 있는데 아무래도 왁자한 것들의 존재감이 압도적이어서인지 들어서자마자 이곳에서 사라지고 싶다고 생각하게 됩니다. 날씨 좋은 주말이면 사람들의 뒤통수가 만들어내는 파도도 볼 수 있습니다. 보고 있으면 멀미가 나고 어지러워집니다. 그래서 고개를 숙인 채 골목과 골목을 따라 빙 둘러 가곤 합니다. 예상치 못한 소란이나 불쑥 등장하는 소음에 내성이 없는 탓입니다. 인파가 만들어내는 활기는 좋지만, 그 일부가 되기는 어려운 나는 활기를 정적 속에서 가만 바라보고 싶어집니다.

거리에서 조금 벗어난 곳에 위치한 조용한 카페로 들어가 땀을 식히고 커피를 주문합니다. 커피를 한 모금 마시고 나면 그제야 다시, 역시 오길 잘했다는 생각이 듭니다. 맛있는 커피가 있는 곳에 많은 사람들이 있고, 사람이 많은 곳에 맛있는 커피가 있을 확률이 높은 요즘입니다. 나는 그게 좀 섭섭하고 서운했다가도 커피 한 모금에 다시 그럴 수도 있지 하고 생각해버립니다.

사람 가득한 황리단길에서 벗어나면 그제야 경주를 제대로 볼 수 있습니다. 어릴 적엔 이름만 들어도 지겨웠던 경주국립박물관으로 향합니다. 그곳에는 먼 옛날의 삶이 눈앞에 줄지어 서 있습니다. 오래된 삶을 따라 오늘의 삶도 천천히 걸어갑니다. 우리는 스치듯 만나기도 오랫동안 눈을 맞추기도 합니다. 금관과 장신구, 키보다 큰 칼들을 지나면서 나는 본 적도 닿은 적도 없는 삶들을 상상합니다. 어두운 전시관에서 환한 볕을 좇아 천천히 걸어 나와 박물관의 중앙에 이르면 경주 남산이 창문을 액자 삼아 담겨있습니다.

한 아이가 엄마 손에서 스마트폰을 뺏어 들고 엄마에게 브이 해보라고 외칩니다. 지나가던 사람들이 모두 웃으며 그 모습을 지켜보고 엄마는 조금 쑥스러워하다가 환히 아이를 보며 웃습니다. 아이가 깔깔 웃느라 사진에는 엄마의 무릎만

담겼습니다. 왜 내가 괜히 눈물이 나는지 모르겠습니다. 누가 보기 전에 코나 한번 훌쩍이고 자리에서 일어납니다.

경주가 좋은 이유는 여러 가지지만, 높은 건물이 없다는 점이 문득 떠오르네요. 낮은 건물, 야트막한 동산, 크고 작은 무덤 사이로 하늘을 마음껏 들이마실 수 있습니다. 그리고 마음껏 한숨으로 내보낼 수 있습니다. 한숨을 가장 한숨답게 쉬어볼 수 있는 곳입니다. 내쉬고도 들킬까 봐 한 구석에 잘 숨겨두기 바쁜 한숨을, 그곳에서는 저기 지평선까지 훅 보내볼 용기가 생깁니다.

내가 닿아 본 육지 중에서 노을을 가장 마지막까지 만끽할 수 있는 땅이 경주였습니다. 칼바람은 칼바람대로, 구름은 구름대로 가장 넓게 길게 그리고 오랫동안 눈으로 더듬어 볼 수 있는 곳. 걸음을 좋아하지 않는 사람도 그곳에서는 계속해서 나아갈 수밖에 없습니다. 한 발 한 발 꾹꾹 눌러 걸으며 마음 바닥에 가라앉은 것들을 구태여 꺼내 보게 되는 곳.

그렇게 걷다가 고개를 들면 시간의 흐름이 하늘빛을 빌려 모습을 드러냅니다. 푸른빛과 붉은빛이 뒤섞여 하늘이 잠시 멍드는 때에 시야는 저 멀리 뻗어나갑니다. 눈이 열리는 기분으로 들판의 끝과 끝의 끝을 찾다 보면 머릿속이 환하게 비워집니다.

밋밋한 일상과 그 속의 내가 나를 짓누르는 기분이 들 때, 별거 아닌 쳇바퀴를 벗어나 이유 없이 펑펑 울고 싶은 생각이 들 때, 아무리 궁리해도 그 생각을 멈추는 법을 잘

모르겠을 때, 나는 떠올립니다. 경주 어느 벌판 한가운데
가만히 서서 저녁과 밤의 분기점을 기다리던 순간을.

끝이라고 생각했는데 조금 더 너머가 보이는 듯도
합니다. 그러면 한 번 더 멀리 보려고 애씁니다. 보이지 않아도
괜찮습니다. 그냥 그렇게 시간을 보내며 애만 쓰고 생각은 않는
스스로가 편안합니다. 타지에 이르러서야 자신을 가만두고
볼 수 있는 사람의 마음은 대체로 황량하게 들끓고 있습니다.
타지에서의 익명성을 만끽할 때, 아무것도 아닐 때 비로소
자유로울 수 있는 사람이라니.

내가 너무나 나이고 싶어하거나 지나치게 뭔가 되고
싶을 때, 나여야 할지 다른 무언가여야 할지 전혀 갈피를 잡지
못하는 시간이 있습니다. 그럴 때 나는 경주를 찾았습니다.
그곳에 던져놓고 온 끈적이고 검은 내 한숨을 떠올리면,
경주에겐 조금 미안한 일입니다.

경주 도처에는 오래된 죽음이 고요하게 앉아있습니다.
권력이었다가 기억이 된 어떤 죽음들이 이제는 흔적으로 남아
낭만의 탈을 쓰고 도시 전체에 깔려있습니다. 능과 원과 총과
분과 묘 사이를 거니는 동안 내가 보는 것은 그것들의 크기나
역사라기보다 주변에 돋아난 생명들이었습니다. 아마 다른
이들도 그럴 것입니다. 그게 아니라면 저렇게 환히 웃으며
서로의 얼굴과 오늘의 해를 담으려고 애쓸 리 없으니까요.
삼삼오오 모여 사진을 찍고 환하게 웃는 사람들 속에 가끔 나도
있었습니다.

죽음 위로 돋은 싹이라든지 그 하늘 사이 서 있는

나무들은 당연한 풍경처럼 여기게 됩니다. 가만히 보고 있자면 평온해집니다. 이렇게 사는 것이구나 하는 뻔한 깨달음도 새삼 달아지는 순간입니다. 마디가 아닌 스펙트럼으로 삶을 받아들일 수 있게 됩니다. 당연한 사실도 눈으로 마주해야 알아채는 미련함은 여전하네요.

무덤 앞에서 마시는 커피에는 평온한 맛이 납니다. 삶과 죽음이 능숙하게 교차하며 의도 없이 전시되는 이 도시의 담담함에서, 그런 향이 납니다. 너무 당연해서 줄곧 망각하는 사실이 경주에선 눈 닿는 곳마다 걸려있습니다. 당연한 것을 당연하다고 말해주고 보여주는 도시. 그 도시가 껴안은 죽음의 흔적을 눈앞에 두고 나는 커피를 삼킵니다. 그러면 생의 미묘함이 좀 더 생생해집니다.

오감으로 겪고 나서야 안심이 됩니다. 내가 살아있다는 사실이 아니라, 살아있음을 깨달을 수 있다는 사실 때문에요. 생과 사는 반대의 것이 아니라 나아가는 단계일 뿐이라는 걸 알 수 있어서요. 과거를 풍경으로 현재를 살며 미래를 가늠하는 이곳에서야 나는 겨우, 앞으로의 삶을 상상해볼 수 있습니다.

아쉬움과 호불호를 구분하지 못하던 때를 지나 과거를 가만두고 봐서야 안심이 되는 지금까지 내게는 늘 과거와 지금 당장뿐이었습니다. 한 치 앞을 예상하는 것조차 사치로 느껴지는 날이 길어지면 오늘 역시 막막해지곤 했습니다. 내일은 오늘이 되고 오늘은 어제가 될 거라는 사실이 내 안에서 힘을 잃을 때면 나는 경주로 향했습니다. 이곳에서 시간은 직선으로 스치기보다 원으로 모입니다. 상처도 기쁨도 원 안에

고여 지금이 되고 내가 된다는 걸 이렇게 눈으로 봐서야 안심이
됩니다. 그렇구나, 하고 당연한 말 뒤에 당연한 깨달음을
덧붙인 뒤 자리에서 일어납니다.

커피는 사라졌고 의자는 아직 따뜻합니다.

아무것도 당연하지 않은 삶에서 유일한 필연을 확인하고
싶을 때, 나는 경주로 갑니다. 그곳에선 삶 혹은 죽음이라
불리는 것들이 아주 잘 보입니다.

낯설고 새로운, 아침

말간 정신으로 아침 공기를 마시며 살고 있다. 가만 뜯어보니 당연한 소리라고 생각한 당신은 아침형 인간이시군요. 10년 만에 처음으로 제때(남들 다 자는 시간에) 자고 제때(남들 다 일어나는 시간에) 일어나서 삼시세끼를 다 챙겨 먹는 삶을 살고 있는 내게는 요즘 매일 아침이 새롭다. 겨울 아침 해는 저렇게나 파랗게 붉구나, 요즘 아이들은 이 시간에 등교하는구나, 하루 중 가장 찬 공기를 마시며 스트레칭을 하는 건 만만찮고 그만큼 시원한 일이구나. 감탄이 이어진다.

　어쩌다가 일찍 자고 일찍 일어나게 된 사람은 갑자기 공짜로 생겨버린 아침 시간에 뭘 해야 할지 잘 모른다. 이게... 말로만 듣던... 그... 아침이란 말이지... 하고 가만히 가만하는 수밖에 없는 셈이다. 특히, 출퇴근 시간이 딱히 정해져 있지 않은 프리랜서면서, 평소 그다지 부지런한 편은 아니고, 어제 세운 계획이 오늘 충분히 실행되지 않더라도 상처받지 않는 사고방식을 쟁취하게 된 나 같은 인간에게 아침처럼 어려운

주세가 또 있을까. 없다.

그러니까 소파에 앉아 멍하니 창문 밖을 한 시간을 넘게 쳐다만 보는 건 자연스럽다는 변명을 하고 싶은 거다. 일주일쯤 지난 뒤에는 책을 집어 들었다. 늘 하던 일도 아침 일곱 시에 하면 그렇게 색다를 수 있다는 걸 처음 알았다. 머리는 멍한데 텍스트는 왜 그렇게 날카롭게 머리에 꽂히는지. 무슨 책을 집어 들든 작가가 코앞에서 나와 눈 맞추고 내용을 일갈해주는 기분이었다. 아아 정말 감사하고 피곤한데 멈출 수가 없네요, 작가님들... 채 예열되지 않은 두뇌가 무섭게 텍스트를 빨아들이니 그건 또 그거대로 문제였다. 물 한 잔 안 마시고 책만 읽다 오전이 다 가버리니까.

아무도 빼앗아 간 적 없지만, 아무튼 내가 뺏고 내가 겨우 찾은 아침을 좀 더 평화롭게 보내기 위한 다른 방법으로는, 요가가 있다. 드문드문 내킬 때마다 홈요가를 해 온 지 n년 차. 이걸 요가라고 불러도 될지 그냥 스트레칭에다 너무 거나한 감상을 더한 자기 만족일 뿐은 아닌지 스스로도 여전히 의심스럽지만, 그래도 꿋꿋이 요가라 생각하기로 한다. 유연성도 근력도 얻지 못했다는 공공연한 비밀에도 불구하고 아무튼 n년 차라고 주장하는 만년 초보. 매트 위에서 가장 좋아하는 '사바아사나(가만히 누워서 명상하는 자세)'를 취하다가 생각했다. 아, 이거 애매하게 개운하네... 게다가... 멋이 없네.

그도 그럴 게 별다른 노력 없이 공짜로 기분만 내려고 하는 놀부 심보가 여기에도 묻어나니 그런 것이다. 보일 듯 말 듯 한 복근과 단단한 팔뚝이 없으니(있을 리 만무하니) 재미가

덜했다. 그럴 때 '그래도 이게 어디냐'를 잽싸게 덧붙이는 게
꽤 정신건강에 도움이 된다. 슬라임 같은 팔뚝과 나날이 전진
중인 뱃살, 목 다 늘어난 채 김칫국물 한두 방울 묻어있는
재작년 여름에 산 반소매를 입고서라도, 어쨌든 아침마다 몸을
움직이는 내가... 멋대가리 없어도 기특하지 않을 이유는 또
뭐람. 적당한 정신 승리는 정신건강에 도움이 되니까(?).

　　　나는 아침을 즐기는 사람이라고 흥얼대며 자아도취한
채 살아가길 몇 주, 오랜만에 집을 벗어나 걷다가 골목으로
들어서는데 고요한 향기가 났다. 이거다. 이게 내가 찾던
멋인가보다! 홀린 듯 들어가 향기를 사 들고 집으로 왔다.
요가원에서 수련 때마다 피워주던 인센스. 얼마나 향이
다양한지! 게다가 사장님이 골라주신 향은 또 내 취향이랑
얼마나 찰떡같이 잘 맞는지! 입문용으로 무난하면서도 풀
향과 물 향과 꽃 향 같은 것이 나면서 자연스럽고 별로 무겁지
않고 다 타고 나서 절 냄새가 안 나는 향으로 골라달라고
말했는데 이 '따뜻한 아이스 아메리카노 한 잔 디카페인은 빼고
제로칼로리 휘핑크림 잔뜩 얹어서 주세요' 같은 요구사항을
다 들어주신 셈이다. 이제 이것만 있으면, 겉멋 85에 명상 15
정도는 성공이다.

　　　지갑도 정신도 다 털릴 뻔했으나 나는 자각 있는
30대 여성이니까, 하고 스스로를 달래며 한 줌 남은 진고를
지키기 위해 고군분투한 끝에 가까스로 두 팩만 손에 쥐고
나왔다. 다음 날 아침 온 집의 창문을 다 열고 향을 피우며
명상할 생각에 설레서 잠을 설치는 바람에 늦잠을 잔 건 정말

자연스럽고 나아운 일이었지만.

　　　조금 늦은 아침, 헐레벌떡 일어나 어설프게 인센스를
홀더에 꽂고 이쪽저쪽 양쪽의 베란다 문을 활짝 열었다. 주방
한 가운데에는 지난 저녁밥 냄새가 희미하게 남아있었다.
얼른 이 멋들어진 인센스에 불씨를 붙여 온 집안을 절이고
있는 생활감들을 퇴치해야지 하는 마음에 우당탕탕 뛰었다.
테이블에 발가락을 찧었다. 아이 씨... 어금니 꽉 깨물고 불씨를
붙였다. 아 아니다, 명상 앞두고 어금니 무는 거 아니야. 입을 아
벌리고 턱을 위아래로 벌렸다 오므리며 억지로 힘을 뺀다. 매트
위에 앉아 가부좌를 틀고 눈을 감았다.

　　　춥다. 너무 춥다. 제아무리 역대 가장 안 추운 12월이래도
겨울은 겨울이다. 방에 들어가서 히트텍을 껴입고 보풀 다
일어나서 홈웨어로 입는 니트도 입고 올까. 아니면 그냥
좀 참아볼까. 요가 시작하면 괜찮지 않을까. 아니다, 나는
약골이다. 호다닥 일어나서 방에 들어가 옷을 껴입었다. 매트로
돌아와 자세를 하는데 옷 때문에 쉽지 않다. 불편하다. 팔이
접히질 않는다. 유튜브 영상 속 나의 요가 선생님이 자꾸 세
박자 정도 먼저 다음 동작으로 넘어간다. 아, 선생님 저 아직
팔도 못 접었는데요... 네? 다리를 오른손 옆으로 뻗으라고요?
사지가 꼬일 거 같은데요? 지금 이 공간에서 제 할 일을 제대로
하고 있는 건 열심히 타고 있는 저 인센스 뿐이다. 와중에 향은
왜 이리 좋은지.

　　　우당탕탕 아침을 보낸 뒤 친구를 만났다. 나 이제 아침
일곱 시 반에 일어나서 향도 피우고 요가도 한다고 했더니 애가

경악 씩이나 한다. 사람 머쓱하게시리...

　　야, 너 이제 진짜 인간이 되려나 보구나. 너한테 연락하려면 일부러 점심 먹고 했어야 하는데, 그래도 가끔 잠 덜 깬 목소리로 전화 받으면 죄 없는 내가 죄인이 된 기분이었는데... 어쩌구... 저쩌구...

　　감탄 같은 일장 연설을 끝낸 뒤에 친구는 말했다. "너 근데 올해는 정말 하고 싶은 거 많이 하고 좋은 변화 많이 겪고 사는구나."

　　11월 달력을 넘기던 순간부터 익숙한 우울감에 시달리던 차였다. 대체 내가 한 게 뭐지. 뭘 하면서 살았지. 아니 그리고 앞으로는 또 어떻게 살아야 하지. 답도 없는 고민인 걸 알면서 멈추는 법도 모르는 연말의 고민은 대개 나를 이기는 편이고, 보통은 그걸 이겨보겠다는 의지도 없이 픽하고 쓰러져서 땅굴만 파며 겨울을 보내곤 했다. 연말 연초가 겨우 한 끗 차이인데 어째서 연말이라는 말만 들으면 이렇게 사람이 어두워지는가. 아이고 올해도 가는구나, 하는 놀란 마음에 아침도 가져보고 향도 피우고 요가도 하면서 '고작 이거' 하는 마음을 지우지는 못했다. 겨우 이거 하면서 뭐 좀 했다고 해보려고 하네, 내가. 겨우 남들 다 하는 거 이제야 하면서 친구한테 자랑씩이나 하고 있네, 내가. 그런 생각을 하면서도 말하는 걸 멈출 수가 없는 것이다. 왜냐면 그렇게 내 목소리로라도 확인하고 싶었으니까. 내가 할 수 있는 최선의 사소한 방식으로 내가 나를 구하는 중이라는 걸 말이다. 그런데, 그러고 보니, 네 말을 듣고 보니, 올 한 해 정말 많은 일을 했네 내가. 그제야 그런 생각이 드는 것이다.

　　손에 갓 쥐어진 행복은 너무 뜨겁고 달아서 어쩔 줄 모르고, 시간이 지나면 그 온기에 익숙해져서 원래 내 체온이었던 것처럼 건방지게 하대하는 내가 참... 뻔하고 안쓰럽다. 행복을 어여삐 여기고 즐기는 일이라든가 오래도록 곱씹으면서 삶을 넉넉히 바라보는 일 같은 것들은 언제쯤 해낼 수 있을까. 모든 행복과 불행에 나의 자격을 따지다가 단맛도 쓴맛도 제대로 즐겨보지 못한 채 한 해를 그냥 보낼 뻔했다. 친구가 뒤통수를 톡 때려준 덕분에, 그제야 정신을 차린다. 아, 맞네, 이거 단맛이네 하고. 이거 내가 키워서 방금 내가 딴 열매네. 내가 먹어도 되는 거네. 남의 입을 빌려야만 깨닫는 이런 미련한 인간에게 언제고 기꺼이 자신을 빌려주는 친구가 있다니. 재미있고 이상한 점이긴 하지만.

　　아침을 모른 채 10년을 지내던 나는 이제 아침을 즐기는 갖은 방법을 찾는 중이다. 온 집의 창문을 열고 향을 피우고 매트 위에 가부좌를 틀고 앉아 생각한다. 지금 나의 마음은 어떤 상태인가. 앙금으로 남은 것들은 왜 그곳에 남아 있는가. 그 마음은 어디에서 왔는가. 나의 마음인가 타인이 내게 떠넘긴 심성인가. 이고 질 필요 없는 타인의 짐은 그에게 두고 나는 나의 마음만을 본다. 그리하여 결국 타인의 짐이 아닌 그의 마음을 볼 수 있으니. 주문처럼 수 번째 외우고 있지만 닿기까지는 아직 갈 길이 멀다.

　　멀리서 희미하게나마 닿고 싶어서 나는 자꾸 내게 말을 건다. 그래서, 좀 어때? 잘 안돼? 그냥 그러려니 해. 그럴 수도 있지 뭘. 너도 그래봐야 한낱 인간인데. 다 알려고도, 다 하려고도 말자. 서핑하듯 싸우고 요가처럼 살자. 부정과 해악에 감기지 말고 그 위에서 춤을 추자. 때로 잠기고 삐끗하더라도 잊지는 말자. 할 수 있는 만큼, 거기에서 아주 조금만 더. 그냥 다시 한번 더. 애써 이기려 들지도 말고 지레 져버리지도 말고 적당히, 적당해져 보자. 어때? 이건 할 수 있을까? 그게 제일 어렵다고? 그건 그래. 그래도 뭐, 시도는 해볼 수 있잖아? 어때?

대답이 오려나 기다리다 보면 인센스의 불씨가 꺼지며 마지막으로 제 향을 남기고 사라진다. 비 냄새와 풀 향으로 가득 채워진 거실에서 조용히 눈을 뜨면 오늘을 시작할 준비가 끝난다. 다시 한번, 삼백예순다섯 번의 오늘을 잘 살아내야지. 딱 그만큼 잘 살아내고 나면 다시 또 마음먹어야지. 크고 긴 각오보다 작고 알찬 다짐으로 아침을 맞을 준비가, 이제는 되었다.

이제는.

먼 곳에 닿은 사랑

삼촌의 이야기를 써도 될까. 나는 내게 물었다. 세상에 없는
이에 대해, 내게 언제나 어렵고 까다로웠던 가족이라는
주제를 가지고 뭔가 말해볼 수 있을까. 내게 여러 번 물어도
명쾌한 답이 나오지 않았다. 그래서 떠올려봤다. 삼촌이라면,
뭐라고 말했을까. "야, 뭘 그런 걸 고민하노. 걍 해봐라.
써봐라." 수백 번 고민 하며 삼촌을 수백 번 떠올렸지만,
그때마다 내 안에 남은 삼촌은 저렇게 말했다. 별소리를 다
한다는 듯이, 다정하게 웃으면서. 그래서 썼다. 삼촌에 대해.
그가 어떤 인간이었는지는 여전히 잘 모르지만, 그래도 어떤
막내 삼촌이었는지에 대해서는 아마 나도 제법 잘 알고 있을
것이기 때문에. 내가 그의 마지막 나이에 닿기 전에 한 번쯤은
새겨두고 싶었기 때문에. 그가 어떤 삼촌이었는지. 그가 내게
남긴 의미가 어떤 것이었는지.

삼촌은 할머니에겐 속 썩이는 자식이었다가 지금은 가슴에 사무치는 자식이 되었고, 엄마에겐 속 썩이는 남동생이었다가 애달픈 사람이 되었다. 내 동생에게는 늘 재미있고 시원시원하고 다정해서 제 아빠보다 훨씬 마음이 가는 사람이었다. 내게 삼촌은... 호인. 철이 없어서 그렇지 사람은 좋아. 드라마에선가 그 말을 듣고 삼촌을 위한 표현이라고 생각했다. 참 호탕하고 즐거운 사람이었다. 내가 아는 삼촌은 그랬다.

나는 어려서부터 낯을 심하게 가려서 온 친척이 모인 자리에서도 샐쭉한 표정으로 구석에 앉아 책 귀퉁이만 만지작거렸다. 가만있는 애도 사람이라는 사실을 어른들은 자주 잊는 모양이었다. 내게도 귀나 생각이 있다는 걸 잘 모르는 어른들이 많았다. 으레 내 작은 몸집을 툭툭 치면서 니는 하루종일 책만 읽나, 그러니까 그렇게 허옇지, 야는 이리 사회성이 없어서 우얄라카노 같은 말을 쏟아냈다. 책을 읽어도 난리 안 읽어도 난리, 뛰어다녀도 난리 가만히 있어도 난리여서 대체 어쩌라는 건가 싶은 와중에, 막내 삼촌만은 내게 그러지 않았다. 한참 책을 읽으면서 '아 얼른 집에 가고 싶다' 생각하고 있으면 삼촌은 슬쩍 옆으로 다가와서 말을 걸었다. "저기 안 가볼래? 책이 더 좋나? 뭐 읽는데? 재밌나?" 하고 우리 둘만 들리게 물어봐 주었다.

좋았다. 다른 사람에게 광고하듯이 큰소리로 내게 말 걸지 않는 삼촌의 다정함이. 내가 지금부터 우리 조카한테 다정하게 말을 걸어볼 겁니다~ 하고 자랑하듯이 대화를 시삭하지 않는 점이. 내가 큰 소리를 싫어하고 잘 놀라는 사람이라는 걸 꼭 기억해주는 점이. 책이랑 삼촌이 신은 양말 무늬를 번갈아 쳐다보면서 고개만 짤랑짤랑 흔들며 입을 꾹 다물고 있어도 삼촌은 내게 다른 어른들처럼 화내지 않았다. 그냥 "좀 이따 놀고 싶으면 삼촌한테 와래이?" 하고는 어깨를 한 번 꼭 끌어안고 가는 사람이었다. 이렇게 다정할 줄을 모르는 집안에서 어쩌다 저렇게 제대로 다정할 줄 아는 사람이 나왔지? 훗날 엄마에게 물었더니 엄마가 반쯤 농담으로 말했다. 걔가 오랫동안 집을 나갔었잖아. 그래서 그거 하나는 어디서 제대로 배워왔나 보지. 그때 나는 생각했다. 어떤 가출은 꽤 가치 있고 흥미롭구나. 삼촌의 다정은 나의 편견을 깨주기도 했다. 할머니를 얼마나 속 썩였는지와는 상관없이 말이다.

늘 옆을 바짝 깎은 스포츠머리에 뒷머리만 기른 삼촌은 감정표현을 할 때마다 이마에 시원한 주름이 세 개 잡혔다. 그게 꽤 멋있다고 생각했다. 사람들이 늘 주름을 없애려고만 해서 주름은 다 나쁜 줄 알았는데 삼촌이 웃을 때 보니 아니었다. 삼촌이 내게 호인의 기억으로 남은 건 어쩌면 다 그 주름 덕분이다. 와하하 하고 웃을 때, 소주를 한 잔 입에 탁 털어놓고 "크히햐아!" 하고 감탄할 때, 누가 말도 안 되는 소리를 해서 화가 나기 시작했을 때, 마음이 동요하고 소모될 때마다 그의 이마엔 감정의 강이 흘렀다. 삼촌은 꽤 감정에 충실한 사람이었기 때문에 나를 비롯한 사람들 모두 그 주름을 익숙하게 볼 수 있었다.

끊임없이 감정의 강을 볼 수 있었던 곳은 노래방이었다.

삼촌은 노래를 잘했다. 어떻게 잘했냐면… 이모의 말에 따르면 '여자들한테 인기가 많게' 노래를 잘했다. 어릴 적엔 친척들과 명절마다 노래방에 우르르 몰려가곤 했는데 그때마다 삼촌은 임재범이나 김경호의 노래를 불렀다. 학교 남자애들이 고해를 부를 때는 알 수 없는 화가 단전에서부터 치밀어 오르곤 했는데(어찌합니까 물으면 나가십시오 하고 말하면서 쥐어박고 싶었다) 삼촌이 부르는 걸 보고 아 이 노래가 이런 노래였구나 싶었다. 마이크를 쥐고 몸을 좌로 우로 비틀면서 일부러 웃기게 모션을 취하는 데에 비해 노래가 듣기 좋아서 신기했다. 어른들이 마이크를 잡으면 자주 지루해하던 우리는 삼촌이 노래를 부를 때면 가만히 앉아 그의 록 발라드를 들었다. 겪은 적 없는 그 세대의 낭만이라는 것이 아마도 저런 것이겠구나 싶었다. 모르긴 몰라도 분명, 삼촌을 노래방에서 만난 사람 중 몇몇은 삼촌을 좋아했거나 좋아한다고 착각했을 것이다. 자신의 매력을 잘 알고 그걸 흥으로 드러내는 데 거리낌 없는 사람이었다.

　　가진 마음이나 재능을 어디에 써야 할지 몰라서 오랫동안 방황하던 삼촌은, 늦지도 이르지도 않은 나이에 1종 대형 운전면허를 땄다. 기념으로 다 같이 모여 식사를 했던 기억이 난다. 삼촌은 머쓱하게 웃으면서, 이 나이에 갑피 좀 잡았다고 온 가족들이 나를 축하해주네 하고 뒤통수를 긁었다. 거하게 저녁 식사를 끝내고 노래방에서 2차까지 마친 뒤 돌아와서는 계속 힘들어했다. 까스활명수를 계속 사 마셔도 소화가 잘 안돼서 고생 중이라고 했다. 얼굴빛이 어두워지는 걸 보고 삼촌도 나도 가족들도 모두, 술을 너무 즐겨서 간에 무리가 왔나보다 하고 생각했다. 그게 아니었다는 걸 알았을 때는 저마다 후회의 한 마디를 얹었다. 진작 병원에 가보라고 할 걸, 진작 술 좀 그만 마시게 할 걸, 진작 건강 좀 챙기라고 할걸. 삼촌은 딱 한 마디 했다. 그러게 말이야, 그럴걸.

　　가장 무섭다는 췌장암을 두고 우리는 소용없는 소리만 해댔다. '진작 뭐라도 할걸'하는 후회를 전혀 기다려주지 않을 병 앞에서 우리는 딱히 할 말이 없어 그것을 염불처럼 외워댔다. 조금 봐줄지도 모르니까. 조금 가여워할지도 모르니까. 그렇지만 그런 기약 없는 기대는 좀처럼 희망으로 이어지는 법이 없다. 알고는 있었다. 다른 법을 몰랐을 뿐이다.

　　처음 삼촌 병문안을 하러 갔던 날이 떠오른다. 딱히 특별한 말을 한 것 같지는 않다. 어떤 표정을 한 채 무슨 말을 해야 할지 감조차 오지 않았다. 10년쯤 전보다 지금 뭘 더 잘 아는 것도 아니지만, 그땐 더 어려웠다. 애매하게 구는 나를 보고 삼촌은 조금 쓰게, 그러나 환히 웃으며 "마, 인상 펴라~" 하고 또 크게 웃었다. 이마의 주름이 시원하게 잡히는 걸 보자 그제야 마음이 좀 놓였다. 공부는 잘 돼가느냐, 남자친구는 있느냐, 취업은 어쩌려고 하느냐. 다른 어른들이 할 땐 입만 떼도 지긋지긋하게 들리던 질문들이었는데 삼촌이 물으니 계속해서 답하고 싶었다. 몇 년 뒤엔 결혼 걱정에 집은 샀냐는 오지랖을 떨어줘도 좋으니 안 해도 그만인 이런 대화라도 이어지길 바랐다. "서하 니 애 낳으면 내한텐 뭐지? 근데 니 남자는 좀 만나고 다니나?" 같은 말이 달가웠던 건 그때가 처음이자 마지막이었다. 아 진짜 무슨 그런 말을 해, 삼촌은. 다른 데 가서 그러면 다들 싫어해요. 나니까 듣는 거지, 하고 깔깔 웃었다. 성가시고 귀찮아질 때까지 이런 이야기를 할 수 있으면 좋겠다는 생각을 하면서. 시답잖은 이야기를 하다 온 것 같다. 특별히 기억에 남기려고 하지도 않았다. 나는 계속해서 삼촌과 이야기를 나눌 테니 '굳이 기억할 필요는 없어' 하는 마음으로. 아직 당신의 마지막을 상상할 수 없던 때였으니까.

　　비가 와서, 김치가 맛있게 잘 익었길래, 그냥 심심해서. 갖은 핑계로 엄마와 나는 삼촌의 병실을 들락날락했다. 어느 날은 씩씩하게 수액을 밀며 나를 마중 나왔고 어느 날엔 희미한 미소만 보이던 삼촌이 떠오른다. 모든 것들이 잘 기억나지 않는다. 점이나 선이 아니라 물에 잔뜩 번져버린 수채화 같다. 뭔가 그렸다는 건 기억나는데, 정확히 무엇이었는지는 알아볼 수 없고, 어떤 색이었는지만 아주 흐릿하게 알 수 있는. 손으로 문지르면 자꾸 번져버려서 나는 그냥 가만히 두기로 했다. 병원에 있는 삼촌이 썩 잘 어울리지는 않는다는 생각만은 계속했던 것 같다. 삼촌은... 계곡이나 노래방이 어울리는 사람이었다. 소리치고 움직이고 주변을 살피면서 호탕하게 웃는, 그야말로 사람 좋은 사람.

　　삼촌의 임종을 지킬 수 있었다. 40대를 미처 다 채우지 못하고 떠나는 삼촌을 보며 계속 울었다. 청력은 끝까지 열려있다고, 의사 선생님은 우리에게 돌아가면서 한마디씩 하라고 했다. 내가 그의 귓가에 한 마디를 건넬 자격이 있는지 잠시 고민하다가, 아주 작은 목소리로, 아주 어렵게...

사랑한다고 말했나. 그때 내 안에 있던 사랑의 정의는 좀 더 넓고 깊어졌다. 당장 눈앞에 있는 것이 아닌 더 먼 곳으로 향하는 보이지 않는 것에 대한 애정과 응원, 그리고 불확실함 그 자체로. 결국, 그때 나는 사랑을 다시 배웠다. 내가 내 입으로 삼촌에게 말하면서. 삼촌은 내게 그걸 남겼다. 그 후로도 많은 걸 가르쳤다.

평생 알던 이를 보낼 땐 어떤 마음인지, 어떤 자세로 밤을 지새우는지, 어떤 일들을 치르게 되는지, 그리고 이따금 그리워질 땐 어떤 눈빛을 하게 되는지 나는 삼촌 덕에 배웠다. 무언가를 처음 배우던 순간은 사람의 시간과 기억 귀퉁이를 접어둔다. 그게 책이라면, 바람이 불다 멈췄을 때 자연스레 그 페이지에 머물게 되듯이. 가끔 나의 죽음을 상상할 때, 혹은 다른 이의 죽음을 마주할 때 나는 그 시간으로 돌아간다. 이상하게 그 시간을 떠올리면 조금 더 살아보고 싶어진다. 사랑하는 사람들이 나로 하여금 그 일을 겪는 게 아주 조금은 늦춰졌으면 해서.

우리는 아주 진득한 관계는 아니었다. 꽤 담백한 삼촌과 조카 사이였다. 마주치면 반갑게 인사하고 남들 다 묻는 물음을 주고받는 정도. 서로 호감은 있지만 어떤 선은 넘지 않으면서도 혈연으로 맺어진 불가항력의 끈끈함. 혈연이 내게 준 것들이 대체로 달갑지 않았지만 그래도 개 중 가장 가치 있는 것 중 하나는, 삼촌에게서부터 왔다. 끈적한 유대 없어도 특별한 사람으로 남을 수 있구나, 그것도 남자 어른과. 내게 남은 단 하나의 좋은 기억으로 앞으로 있을 모든 경험을 미리

부정하지는 않을 수 있었다. 삼촌이 죽지 않았다면 어땠을까. 삼촌이 지금도 살아있다면, 나는 삼촌에게마저 믿음을 잃었을까. 삼촌이 곁에 없기 때문에 나는 삼촌을 그리워하는 게 아닐까. 그럴 수도 있다. 그렇지 않은 경우는 알 수 없다. 삼촌은 여전히 마흔다섯이기 때문에. 그날에 머무른 채 내 기억 속에서만 살아있기 때문에. 다만, 내게 남은 것을 가만히 들여다 볼 수 있을 뿐이다. 그것으로 충분히 감사하다.

40대에 머문 삼촌이 환히 웃는 사진을 보다가 나는 생각한다. 나는 당신의 그 진한 웃음을 배우고 싶었다고. 웃는 동안에는 웃을 생각밖에 하지 않는 것처럼 보이는 진짜 웃음을 삼촌에게서 처음 봤다고. 못 본 새 조금 더 살아보고 나니 그게 더 어려워지더라는 이야기도 전하고 싶다. 아무래도 병상 위의 자신보다는 노래방에서의 자신으로 끝까지 기억해주길 바랄 것 같으니 나는 그렇게 하겠다고. 가끔은 누가 고해를 선곡하더라도 나가라고 하지 않고 일단 들어는 보겠다고.

삼촌이라면, 이런 시답잖은 이야기도 즐거워할 것이다.

공평한 마음으로 사계절을 지나며

4월. 눈부시게 아름답기만 한 날씨가 이어졌다. 비는 또 눈치
좋게 간밤에나 내렸다. 반짝이는 낮과 비 내리는 새벽을
뜬눈으로 지새우면서 참, 웃기다는 생각을 했다. '요즘 들어
유달리 슬프다'는 생각을 하기엔 너무 자주 이래왔던 것도
같다. 가끔보다는 늘상에 가까워져 버렸다. 분노와 미움과
슬픔과 무력이 잘 버무려져 만든 환장의 우울이, 누운 자리마다
고이고 있었다. 차라리 익숙해졌으면 하는데 어쩌자고 매번
새롭게 벅차고 겨운지 모를 일이다.

　　잠에 들어 누워있자면 천장이 무너져내릴 것만 같고,
그런데 분명 그런 일은 없을 거라는 걸 알고도 있고. 걷는
동안 등 위에 피어오르는 훈기에 땀을 흘리면서도 어쩐지
자꾸 오한이 들고. 밥을 먹으며 드라마를 보다가 난데없이
눈물이 나는데 일하려면 배는 채워야 해서 눈물을 찍어 닦으며
꾸역꾸역 씹어내고. 다리는 아픈데 계속 걸어야 할 것 같고
피곤에 절어도 잠들기엔 불안하고.

그런 날들이었다. 청승의 소용없음을 아는 건 도움이 되지 않았다. 다만 소용없는 짓을 계속하는 스스로가 하릴없이 미련하다 여겼을 뿐. 징징거리는 30대라니, 정말 매력 없다 생각했다. 그렇게 매력 없는 채로 한 시절을 보낸다.

우울의 안쪽에서 바깥쪽을 갈망하는 일이 때로 습관을 넘어 관성으로 여겨질 때가 있다. 막상 바깥으로 넘어간대도 뒤돌아보지 않을 자신은 없으면서. 내가 정말 원하는 게 적당한 우울인지 해맑은 정신인지 자문하고 나면 답은 명확해진다. 때로 우울이 내게 동력이 되기도 하니까. 우울을 등에 업은 채 실컷 파고든 나 자신이나 타인의 목소리가 나의 어떤 부분을 키워냈다. 시작부터 원했던 건 아니지만 어쨌든 이제 이건 나의 일부가 되었다. 이 밖의 세상에 대해 환영보다는 두려움이 조금 앞선다고 이쯤에서 고백할 수밖에.

봄은 봄이어서, 여름은 여름이어서, 계절마다 나는 듣기 좋은 핑계를 대며 이렇게 주저앉아 땅굴을 판다. 때가 되면, 늘 그랬듯, 나는 나를 잘 다독여 일으켜 세운 뒤 이 폐허를 정리할 테지. 다만 시간이 좀 필요하다. 필요한 시간을 다 쓰고 나면, 가만히 앉아 기다리지만은 않는 시간이 올 거다. 그런 막연한 믿음과 세뇌를 거듭하다 보면 침대 위에 누운 채로 날이 밝는다. 그러면 그냥, 아이고, 나도 모르겠네. 커피나 마시고 볕이나 쬐다가 나도 모르게 생각이 뚝 끊겼으면 좋겠다 싶어진다. 생각을 끊기 위해 소모되는 에너지를 언제쯤 다른 곳으로 돌릴 수 있을까.

그러거나 말거나 참 냉담하게도 날 좋은 날들이다.

사계절 앞에서 나는 제법 공평하게 우울하다. 쓰고 보니
그게 아주 나쁘지만은 않은 것도 같다.

하숙집 이야기

2009년, 대학에 입학하면서 처음으로 내 방을 가졌습니다. 동생과 같이 나누어 쓰던 본가의 방과 고등학생 시절 룸메이트 셋과 나누어 쓴 기숙사 306호실을 뒤로 하고 서울의 하숙집에 도착했을 때의 일입니다.

　　　지루하고 예민했던 반수 생활 끝에 아슬아슬하게 서울의 모 학교에 붙었을 때 나를 가장 기쁘게 했던 건 두 가지였습니다. 괜찮은 명분으로 분쟁 없이 집을 떠나는 것, 그래서 나만의 시간과 방을 가지게 될 거라는 것. 그건 내가 수험생활의 지루함과 스스로의 예민함을 버텨야만 했던 이유였고 꽤 괜찮은 동력이었습니다. 지방에서 자란 딸들이 집을 떠날 수 있는 몇 가지 방법 중 안전하고 비교적 평화로운 것은, 좋은 명분과 함께 먼 곳으로 가는 것 아닐까요. 열아홉의 나는 서울 소재 대학으로 가는 것이 가장 그럴싸한 대책이라 결론 내렸습니다. 모부와 싸우지 않고도 집을 떠나는 것이 스무 살의 내게는 가장 중요한 목표였습니다. 그마저도 모부의,

정확히는 어머니의 경제적 지원을 받아야 가능한 일이었지만 나는 염치없게도 덥석 그러고 싶었습니다.

집을 떠난다는 것, 그리고 서울로 향할 수 있다는 사실만으로도 뭔지 모를 성공을 당겨 받은 기분이었습니다. 내가 원한 건, 그저 학벌이나 서울 생활에 대한 로망이 아닌 온전한 자기만의 시공(時空)뿐이었습니다.

서울역에서 1호선을 타고 도착한 하숙집은 골목 끝에 위치한 2층집이었습니다. 학교에서 지하철역 한 정거장 정도 떨어져 있는 재개발이 예정된 동네였어요. 오래된 주택의 1층엔 주인집이, 2층엔 네 개의 방, 3층엔 옥탑방이 하나 있었고 방마다 한 명씩 여학생들이 살고 있었습니다.

원래 안방으로 쓰였을 게 분명한 큰방 하나는 얇은 목재 가벽을 중간에 세워 두 개로 나뉘어있었는데요, 그중 작은 방이 내가 묵게 될 방이었습니다. 방은 다섯 개 방 중 제일 작고 좁고 시끄러웠습니다. 2층으로 올라오는 계단 바로 앞, 욕실 바로 옆이었습니다.

나를 포함한 네 여자들의 삶이 만들어내는 거의 모든 소리는 내 방으로 모였습니다. 쿵쿵쿵. 끼이익. 쾅. 푸하하. 띵동띵동. 다른 소리들은 입주 전 어느 정도 예상할 수 있었지만 '뿡' 하는 소리까지는… 예상하지 못했습니다. 계약금 10만 원에 월세 45만 원, 고시원보다 더 작고 시끄러운 그 방이 내 방이 될 참이었습니다.

2월에야 합격 소식을 받은 나 같은 학생에게 다른 선택권은 없었습니다. 기숙사는 진작에 다 찼고 그럴싸한

방들은 이미 계약이 끝난 상태였으니까요. 엄마는 심란한
표정으로 방을 둘러보고 나온 뒤 계약금을 건네고 나오면서
내게 신신당부했습니다. 너무 늦게는 다니지 말아라, 밥은
1층에서 꼬박꼬박 챙겨 먹어라 같은 염려와 사랑을 내게 꾹꾹
눌러 담아서요.

　　나는 엄마의 마음만 알겠고 말은 하나도 귀에 들어오질
않았습니다. 외지고 어둡고 비좁고 시끄러운 것 따위,
상관없었습니다. 얼른 그 방에다 내 짐을 던져놓고 눕고
싶었어요. 상상했습니다. 그 방에 누워 하루를 보내는 나를요.
하루를 온통 내 결정으로 채운 날들을요.

　　생애 처음 혼자 쓰는 방을 가진 스무 살의 내게 그 방의
많은 단점은 아무렇지도 않았습니다. 한참 시간이 지나서야
방을 나눠서 세를 놓는 게 불법이라는 사실을, 방음이라고는
전혀 없는 곳에서 얼마나 잠드는 게 힘들었는지 하는 것들을
떠올렸습니다. 유일한 장점이라면 욕실에서 가장 가까워서
아무도 없을 때는 잽싸게 맨몸으로 들어갔다 나올 수 있었다는
것 정도였습니다.

　　책상과 옷걸이, 플라스틱 서랍장, 라꾸라꾸 접이식
침대를 놓고 나니 한 뼘 남짓한 공간이 남았습니다. 방문에서
책상까지 갈 때는 옆으로 서서 꽃게걸음을 해야 했습니다.
그마저도 두 걸음뿐이긴 했지만요. 네 사람의 생활 소음이 온통
내방으로 모여들긴 했지만, 어차피 내가 제일 좋아하는 건 하루
종일 이어폰을 끼고 음악을 듣는 일이었습니다. 예상에 없던
호출을 기다리는 일 없이, 방 안에 있는 대부분의 시간 동안

나는 이어폰을 끼고 있었습니다. 마음껏 이어폰을 낄 수 있는 자유라니! 내가 늘 바라고 바랐던 것이었습니다. 이어폰을 꽂은 채로 잠에 들면 세상이 떠들썩해도 하나도 모른 채 한참을 잘 수 있었습니다.

그저 좋았습니다. 작고 시끄러운 그 방은 내게 아무런 문제가 안 됐습니다. 그 방엔 나만 있었으니까요. 그게 중요했으니까요. 작은 공간이었으니 금세 나로 다 채우기도 쉬웠습니다. 아무도 내가 뭘 하며 그 작은 방에 틀어박혀 있는지 몰랐습니다. 남들이 모르는 내가 있는 게 그렇게 신날 수 없었습니다.

나는 대개 그 작은 방 안에서 하루종일 잠을 자거나 하루종일 음악을 들었습니다. 하루종일 좋아하는 것을 서치하고 책을 읽고 글을 썼습니다. 하루종일 아무것도 하지 않기도 했어요. 여름 방학 내내 내 주식은 천도복숭아였습니다. 골목 초입의 과일 가게에서 천도복숭아 한 소쿠리를 3천 원어치 주고 사서 그걸 세 끼 대신 먹으며 미국 드라마를 줄곧 보고 따라 했습니다. 전공 수업에서보다 이 여름방학 동안 배운 영어가 훨씬 많았습니다.

옆방 언니가 본가로 내려간 사이에 그 좁은 방으로 친구를 불러서는 이틀 내내 낄낄대며 수다를 떤 적도 있습니다. 같은 여름, 혹시나 하는 마음으로 응모한 방송국 이벤트에 당첨되어서는 여름 특집 콘서트에 가서 비 맞으며 목이 쉬도록 노래를 따라불렀습니다. 한 번 재미를 본 우리는 트위터와 페이스북에 올라오는 거의 모든 무료 티켓 이벤트에 응모하기

시작했습니다. 예술영화, GV, 강연, 페스티벌, 콘서트 티켓
이벤트에 모조리 참여해서 대부분 공짜로 그걸 누렸습니다.

그 방에서 한 것들은 돌이켜보면 다 좋아하는
것들이었습니다. 지금도 여전히, 침울할 때면 가장 먼저 하고
싶은 것들을 그때 그 방에서 다 해봤습니다. 불쑥 방문이
열릴 염려 없이요. 불시의 부름을 경계할 필요 없이요. 하기
싫은 것을 하게 될 거라는 걱정 없이요. 그 방 안에서는 모든
것들이 내 계산과 스케줄에 맞게 움직일 수 있었습니다. 예상
밖의 것이라고는 금세 단물이 빠져버린 내 첫 연애나 옆방의
소음밖에 없었습니다.

그 방에 머무는 동안 내겐 재미있는 일이 많았습니다.
그중 가장 강렬했던 건 역시 연애였습니다. 처음으로 내가
좋아하는 사람과 연애를 했습니다. 예측 불가했고 그래서
짜릿했는데, 지나치게 달았다가 허무하게 끝나버렸습니다.
하숙집 옆 골목 가로등 아래에서 첫 키스도 했고요.

가로등 아래에서 첫 키스라니 너무 식상해서 웃음이
나오지만, 그 식상함이 그때는 훈장처럼 느껴졌습니다.
키스하는 동안 생각했어요. 와 지금 누가 나 보고 있으면 겁나
예쁘고 영화 같겠다. 누가 보건 말건 상관없는 첫 키스였지만
누가 봐주는 것도 나쁘지 않겠다는 착각을 했던 스무
살이었습니다.

나는 내 연애에 취해있었어요. 캠퍼스를 가득 메운
언애절대지상주의가 스무 살의 나를 한껏 더 들뜨게 했습니다.
남들 하는 거 나도 다 해본다는 감각은 사람을 약간 뻔뻔하게

만들더라고요.

　　온몸이 간지럽고 평생이 될 것 같던 연애는 내 맘과
달리 시시하게도 두 달 만에 끝났습니다. 마지막으로 걔가 나를
하숙집에 데려다주면서 어두운 골목길을 걸어 올라오는 동안,
나는 슬픔보다는 이별을 겪는 나 자신에 한껏 취해있었습니다.
흑흑, 첫 연애 후 이별하는 나, 너무 슬퍼. 하고요.

　　집 앞에 이르자 걔는 내게, 사랑하지만 우리는 안 될 것
같다고 연극적으로 말했습니다. 미친 새끼. 어깨를 주먹으로
세게 친 뒤 미친 새끼라고 말하고 방으로 올라왔습니다.
사랑하긴 개뿔. 걔는 그냥 나를 자기 맘대로 하고 싶었을
뿐이었습니다. 다행히 나는 바보가 아니었습니다. 그 헛소리에
퍼뜩 정신이 들고 머리가 맑게 개었습니다. 바보 같은 연극은
너나 나나 이쯤이면 됐다, 경험이라 치자. 그런 생각이
들었습니다. 갑자기 모든 미련과 슬픔이 차게 식는 새벽이었고
나는 오랜만에 아주 단잠을 잤습니다. 천년의 청승이 마지막
말 한마디에 신속하게 사그라드는 경험도 그때 그 집에서 처음
했습니다.

　　그리고는 몇 주 후 밤 11시쯤이었나요, 옆방 언니가 나와
같은 골목에서 키스하는 걸 목격했습니다. 영화 같지 않았어요.
두 사람이 영화처럼 서로에게 취해있다는 건 분명했습니다.
나도 그랬겠죠. 걔나 나나 어설펐기 때문에 두 명이서 그냥
뻐끔뻐끔 버둥대는 모양이었을 겁니다. 덕분에 스무 살의 나는
판타지에서 벗어났습니다. 거울치료라고... 불러도 될지요.

　　불법 개조된 방을 나와 나누어 쓰던, 나와 같은

골목에서 키스하던 옆방 언니는 낮이고 밤이고 구분 없이
통화를 했고 나는 그 언니의 연애사를 다 알게 돼버렸습니다.
그러고 싶진 않았는데... 소음은 대개 의사를 묻지 않고
불쑥 들이닥치니까요. 남자친구가 꽤나 속을 썩이는
모양이었습니다. 언니는 술에 취해 우당탕탕 들어오면서 내
방문에 몸통 박치기를 한 적도 있었습니다. 새벽 3시에 그러고
들어와서는 남자친구에게 전화를 걸어 울고불고 싸우곤
했습니다.

    한 번은 전화기에 대고 고래고래 소리 지르며 싸우는
소리가 이어폰 속 음악을 뚫고 들리길래, 용기 내 벽을 발로
쾅 찼는데요. 그 언니가 주먹으로 벽을 열다섯 번 정도
맞받아치길래 쫄아서 다시 이어폰을 꼈습니다. 난 그냥 한 번
찼는데 저 언니는 왜 복싱을 하고 앉았어? 이어폰을 귀에 꽂고
레드핫칠리페퍼스와 오아시스의 노래를 매우 크게 틀었습니다.
〈Don't look back in anger〉를 들어도 분이 안 풀렸습니다.

    다음 날 아침 씻으러 나가다가 언니와 얼굴이 딱
마주쳤습니다. 언니도 나도 땀나는 보노보노 얼굴을 한 채
서로에게 욕실을 양보했습니다. 등 떠밀려 먼저 샤워를 하면서
그래, 술 취하면 그럴 수도 있지 하고 생각했습니다. 간밤의
분노가 물에 녹아 흘러내렸던 걸까요.

    귀지를 파고 가랑이를 열심히 닦고 나오니 방문 앞에
과자와 메모가 놓여있었습니다. '지난밤엔 미안했어. 내가 요즘
좀 힘들어서. 다음엔 안 그럴게.' 나도 캔디 몇 개와 포스트잇을
언니 방문 앞에 뒀습니다. '자다 깨서 예민해서 그랬어요.

힘내세요!'

　　사실 한 문장 더 덧붙이고 싶었어요. 언니가 무슨 죄겠어요, 남자들이 제멋대로여서 그렇죠. 우리 힘내요! 그렇지만 괜히 건방지게 굴다가 진짜로 언니를 열받게 만들면 이번에는 내 방 벽에 발로 구멍을 뚫을까 봐 참았습니다. 소리를 공유하는 걸로도 충분했습니다. 시선까지 공유하고 싶지는 않았으니까요.

　　아무튼, 시끄러운 건 여전히 곤란하지만 이상하게도 언니의 소음을 한 뼘 이해해주고 싶어진 날이었습니다.

　　어느 날 아침 식사 자리에서 옥탑방에 사는 Y와 마주쳤습니다. 뭐랄까. 드라이플라워같은 애였습니다. 너무 가녀리고 고운데 만지면 파스스 바스러질 것 같은. 액자 속에 고이 넣어서 손 닿지 않는 곳에 걸어둬야 할 것 같았습니다. 제일 비싸고 넓은 옥탑방을 쓰는 애는 누굴까 했는데 마치 성에서 탈출하기 전 라푼젤 같았던 Y를 보고 뭔가 납득당한 기분이었습니다.

　　밥을 먹고 나서 자기 방을 구경하지 않겠냐길래 좋다고 말하고 냅다 올라갔습니다. 널찍한 방에 환기도 채광도 잘 되고 높고 커다란 헤드를 가진 더블침대에 레이스 이불도 덮여있었습니다. 사근사근, 들릴 듯 말 듯 한 높은 목소리로 내가 어떤 사람인지 궁금해하는 걔가 좀 신기했습니다. 애 왜 나한테 부끄럼을 타지?

　　어디서 살다 왔는지 무슨 과인지 한참 이야기하다가 갑자기 너는 통금이 몇 시냐 묻길래 엥? 혼자 사는데 왜 통금이

있냐고 되묻자 방 한쪽에 설치되어 있던 인터넷 전화기를
들고 오더라고요. 옥탑방에는 이런 옵션도 있냐고 묻자 모부가
단속을 위해 설치해둔 것이라고 했습니다. 저녁 7시 30분이면
모부가 그 전화기 번호로 전화를 건다고 했습니다. 내가 기겁을
하며, 야 한 번 뒤집어엎고 싸워, 그게 뭐야 우린 스무 살인데!
했습니다. 저는 싸울 용기도 없으면서 건방지게 그런 말을
했더랬죠. Y는 이길 수 없다고 씁쓸하게 말했습니다. 그 마음도
이해가 되어서 딱히 덧붙일 말이 떠오르지 않았습니다. 그래서
다들 하는 뻔한 질문을 하기로 했습니다. 남자친구 있어?

갑자기 Y의 얼굴이 확 밝아졌습니다. 같은 과에
남자친구가 있는데 한 해 선배고, 키가 크고, 잘생겼고...
하면서 눈을 반짝이며 묘사하더니 급기야 정말 왕자님
같은 사람이라고 말합니다. 남자친구가 너무 좋은데 통금
때문에 저녁 데이트를 못 한다고 울상이던 걔는, 내게 비밀
하나를 털어놨습니다. 그래서 사실 아무도 없을 오후 3시쯤
남자친구를 여기로 늘 데려온다면서요. 가끔 한숨 자고 난 뒤
새벽 4시에 남자친구가 여기에서 빠져나간다고 했습니다. 그건
좀 아닌 거 같다고, 같이 사는 우리는 어떡하냐고 말하려고
하자 황급히 덧붙입니다. "우리 오빠 정말 착한 사람이야.
괜찮아." 그 눈이 너무 맑아서 아무 말도 못했습니다.

몇 달간 우리는 가끔 학교에서 마주치면 커피를
마시기도 하고 하숙집에서 같이 학교로 나서기도 하면서
조금씩 친해졌습니다. 왠지 내가 졸졸 따라다니면서 다
챙겨줘야 할 것 같은 애였습니다. 2학기가 다가오는데 수강

신청 방법을 아직도 잘 모르겠다기에 나도 모르게 한숨을 푹
쉬었던 기억이 있습니다. 그렇게 시간을 보내면서 자연스럽게
남자친구 이야기도 더 듣게 되었는데요, 그렇게 '정말'
착하다는 사람이 자꾸 콘돔을 안 끼고 섹스하려고 해서
곤란하다는 말을 했을 때는 나도 모르게 그 쓰레기 같은 놈이랑
얼른 헤어지라고 했습니다. 나로선 그 말밖에 더 할 말이
없었습니다. 그게 Y에겐 상처였을까요. 그 이후로 한동안 내가
옥탑방에 가는 일은 없었습니다. 어느 대낮에 Y가 울면서 내
방문을 두드리기 전까지는요.

　　　내 말을 듣고 콘돔을 끼라고 하자 불같이 화를 내며 벽을
치고 휴대폰을 던졌대요. 액정이 깨지고 휴대폰이 바닥에서
튀어 오르면서 눈가에 멍이 들어 Y는 한동안 선글라스를
끼고 학교에 다녀야 했습니다. 그 일로 여러 번을 싸우다가
겨우 헤어졌다고 했습니다. 안전이별이라는 말조차 없던
시절이었습니다. 나는 '그러게 내가 만나지 말라고 했지'와 '아
진짜 그 새끼 죽일까' 사이에서 수백 번 갈등하고 속이 터질 것
같았지만 아무 말 하지 못했습니다.

　　　한동안 좀 위험하지 않겠냐고 묻자 그래도 본가에는
가고 싶지 않다고 했습니다. 본가로 가면 통금이 오후
5시라나요. 그래, 그렇겠네. 아무 말 없이 그냥 걔한테 스타벅스
프라푸치노를 한 잔 사줬습니다. 단 거 먹고 힘내. 그게 내가
아는 가장 최선의 위로였습니다. 걔는 속도 없이 웃으면서
"너는 정말 언니 같아!" 하고 말했습니다. 햇살 같은 그 애
앞에서 나는 자꾸 말을 삼켰습니다.

몇 주 뒤 걔는 새 남자친구가 생겨서 이제 안전하다고
했습니다. 다만 하숙집에는 절대 데려오지 않겠다고 결심을
전했습니다. 내게 허락이라도 받아야 한다는 듯이요. 나는
좀 혼란스러웠지만 네가 행복하면 됐다고 말해버렸습니다.
그렇게 말하지 않으면 내가 걔의 행복을 깨버리는 사람이 될 것
같아서였습니다. 그 이후로는 어떻게 됐는지 알 수 없습니다.
답답한 마음과 쌓이는 걱정이 두려워서 조금 멀어지고 싶었던
데다가, 얼마 못 가 그 집에서 나오게 되었거든요. 어쨌거나
나름의 방법을 잘 찾아갔을 겁니다. 초저녁의 통금도 소용없게
만들 줄 알던 애였으니까요.

　　　그곳에서 2년 남짓 살았습니다. 좁고 시끄러운 하숙집의
방 한쪽에서 나는 정말 치열하게 내게 물었습니다. 진짜
좋아하는 것과 진짜 싫어하는 것, 선택할 수 있는 것과 없는
것의 한계, 관계의 미묘함에 대한 끊임없는 고민, 하고 싶은
것과 할 수 있는 것 같은 것들요. 그 방에 고인 거라곤 나밖에
없었으니까요. 나는 자꾸 나를 대면해야 했습니다. 음악을
듣고 영화를 보고 드라마를 보고 아무것도 안 하는 동안에도
나는 늘 나와 함께였습니다. 그전까지 단 한 번도 그런 적이
없었습니다. 고요 속에서 나의 선택만으로 매일을 가꾸는 일이
낯설었지만 흥미로웠습니다. 스무 살, 나는 그 좁고 시끄러운
방에 이르러서야 비로소 내 삶의 주인이 되는 법을 배우기
시작했습니다. 그 방과 그 주변에서 만난 사람들이 나를 자꾸
선택하고 고민하게 만들었습니다. 어떤 것이 옳은지, 정답은
있는지, 없다면 없어도 괜찮은지, 정답이 없다는 사실을

받아들일 준비가 되었는지 계속해서 물어왔습니다. 너무 즐거워서 계속 대답하고 싶었던 스물이었습니다.

그 작은 방에서 나는 조금씩, 내 눈으로 세상을 볼 준비를 했는지도 모르겠습니다. 멀리 떠나 도착한 곳에서 마침내 혼자이고 나서야 보이는 것들이 많았습니다. 그제야 세상이 궁금해졌습니다. 시키는 대로 착실히 다 하는 제도권 유교걸로 살면서 나는 세상이 별로 궁금하지 않았습니다. 어차피 어른들의 말이 정답이라면 나는 더 고민할 것도 궁금할 것도 없다고 생각했습니다. 그러니 닿아본 적 없는 곳까지 다 아는 척하기 쉬웠던 10대였습니다. 넵, 넵, 어쩔 수 없죠, 해야죠 하는 마음으로 다른 이의 생각을 곧이곧대로 낼름낼름 받아먹던 내게, 혼자되기는 전혀 다른 차원의 삶이 있다는 걸 보여준 계기였습니다. 나는 그냥 사색과 사생활을 가지고 싶었을 뿐이었는데 말이에요. 그렇게까지 새로울 줄은 몰랐습니다. 내 예상보다 다양한 삶의 방식을 당장 껴안고 이해할 순 없더라도 적어도 있는 그대로 보는 연습을 할 수 있었던 날들이었습니다. 그 모든 일들이, '진짜 사춘기'가 그 비좁고 시끄러운 방에서 시작되었습니다.

내가 아는 많은 딸들은 집을 떠나고 싶어 했습니다. 가정이 화목하든 말든 그런 건 상관없었습니다. 누구에게나 자기만의 시공이 필요한 법이니까요. 다만 그게 삶의 프레임을 얼마나 바꿔놓을지는 대부분 몰랐던 것 같습니다.

한 번 떠나온 딸들은 돌아가지 않기 위해 스스로를 자꾸만 가다듬었습니다. 자기만의 시공을 자기만의 방식으로 꾸리기 위해 어떤 대책을 강구하는 데에는 다들 도가 텄습니다. 삼시세끼 잘 먹고 있다 대답해놓고 복숭아를 물릴 때까지 먹어버리고, 남이야 듣건 말건 눈앞의 관계에 최선을 다하고, 이른 통금에 맞서서 같이 자버리는 것은 시작에 불과했습니다. 되바라진 계집애들은 결국 자기가 하고 싶은 걸 찾아 나서 버렸습니다.

나는 그런 계집애들을 양껏 볼 수 있었습니다. 함께 이야기하거나 건너건너 전해듣기도 하면서요. 울고 웃고 내가 다 속이 시원하거나 분통해지는 계집애들의 이야기를 들으면서 한 시절을 보냈습니다. 그걸로 나의 서울 유학은 몫을 다했다고, 지금은 생각합니다.

되바라진 계집애들 덕분에 나도 덩달아 되바라질 수 있었습니다.

실제로 전했던 편지 중 몇 편을 골라 책에 실었습니다.
수신자 이름을 바꾸고, 서로만 아는 내밀한 이야기는 조금씩 각색했습니다.

우리 사이에 그간 참 많은 것들이 오갔지. 소중한 시간, 다정한 언어, 따뜻한 마음 정도로 줄여볼 수 있을까? 내가 가진 언어로 우리를 표현하기엔 역시 아직 한계가 분명해. 나를 만든 많은 것들 중에서 언니의 우정과 사랑은 내게 참 절대적이었어.

우리가 어둡거나 밝은 어느 때에 나눈 대화들이 나를 만들었어. 외롭고 상처 많은 사람을 온전히 보듬을 수 있는 건 역시 또 다른 외롭고 상처 많은 이들뿐인 것 같아. 여전히 나는 그렇게 생각해. 이왕이면 모서리끼리 부딪치는 거, 나쁘지 않다고. 모서리를 가진 사람만이 상대의 모서리도 이해해볼 수 있는 거라고. 적어도 시도는 해볼 수 있는 거 아니냐고. 물론 그래서 서로에게 더 깊은 상처를 줄 수도 있는 거겠지만, 그 상처를 감수할 용기도 우리라서 생기는 거라고. 대체로 날 서 있지만 서로에게는 조금 뭉툭해지는 우리가 좋아. 나는 역시 '나'일 때보다 '우리'일 때가 좋네. 그래서 더 고마워.

받지 못한 사랑을 일궈내 서로에게 우정으로 건네기를 택한 우리잖아. 그래서 나는 늘 우리가 참 기특하고 안쓰럽고 멋져. 이 안쓰러운 길을 함께 걷는 언니가 있어서 든든하다고 하면, 언니는 씁쓸할까 다행이라고 생각할까. 아마 우린 대체로 비슷하니까 후자가 아닐까 지레짐작을 해봐. 내 멋대로. 그러면 언니는 또 웃으면서 받아주겠지. 조금은 예상해 볼 수도 있다는 게 오랜

관계의 위험하고 달콤한 부분인가 봐. 위험해질 땐 가감 없이 언제든 말해줘. 잘 반성하고 사과하고 싶거든. 그런 어른이 되고 싶어. 알잖아.

오늘도 사랑과 다정 속에 언니의 하루가 안온하기를. 사랑해.

마음, 쓰는, 일

날씨가 제법 과격한 날이었다. 친구는 파리한 얼굴로 카페에서 나를 기다리고 있었다. 내가 좀 늦었나? 하고 시계를 보니 약속 시간 10분 전. 유리 통창 너머로 눈이 마주치자 친구가 못내 미소 지었다. 웃음이라기보다 인사에 가까웠다.

　　모른 척 반갑게 인사를 할까 아니면 무슨 일인지 물어볼까 고민하는 사이 친구가 먼저 내게 말을 건넸다. 별일 없었냐는 말을 나누다가 커피를 먼저 주문하기로 했다. 다시 보니 전이랑 같은 것도 같고. 별일 없는 듯 별일 없었냐는 말을 나누는 걸 보니 정말 별일 없었던 게 아닐까 싶기도 했다. 그냥 날씨 때문에 좀 지쳤나 하고 넘겨짚은 채 대화를 이어갔다. 사는 게 늘 별일인 우리는 이곳의 날씨를 견디는 것만으로도 언제나 무언가 행하고 있는 기분을 느끼곤 했으니까. 그래서겠지, 하고.

　　아이스 아메리카노 한 잔과 오트라테 한 잔이 유리잔 바깥으로 물방울을 뚝뚝 떨어트리는 동안 나는 줄곧 떠들었고 친구는 잔잔히 웃었다. 보통은 반대였다. 내가 듣는 쪽이고 친구가 말하는 쪽이었는데 그날은 왠지 좀 다르게 흘러갔다. 웃던 사람이 파리해져서 등장한 날이면 이쪽에서 왠지 초조해지는 것이다. 초조함을 헛소리로 메우는 데 한계가 다다를 무렵 친구가 남은 커피를 마저 마시더니 잔을 내려놓으면서 말한다. 마치 배턴을 기다리고 있는 계주 주자처럼.

"사실 요즘 좀… 마음 쓸 일이 있어."

얼떨결에 배턴 터치. 하고 싶은 말을 하기로 결심한 사람들은 뒤를 돌아보지 않고 제 결정을 달린다. 친구는 내가 달리던 속도와 비슷하게, 마침내 자기 이야기를 시작했다. 통창 너머로 보였던 파리한 얼굴과, 배턴 터치까지 오래 걸린 이유가 납득되는 사연이었다. 배려로 한 일이 미처 몰랐던 상대의 시점과 겹치면서 홀대로 오해받는 일. 몰랐다고 이야기해도 이미 서로 간에 생긴 상처는 어쩔 수 없는 그런 일. 누구도 잘못한 게 아닌데 어쩐지 한쪽이 크게 잘못한 것처럼 느껴져서 그걸 되뇌느라 매일의 에너지를 다 먹혀버리는, 어찌 보면 흔한 일.

어설픈 위로로 나서기 보다 가만히 친구의 말을 더 듣기로 했다. 입 다물고 찬찬히 듣다가 안타까움만 깊어지자 문득 그런 생각이 드는 것이다. 마음 쓸 일이라니. 어째서 마음은 또 쓰는 것이 되었나. 게다가 도대체, 이렇게까지 두 단어가 어울릴 일인가.

닳고 움직이는 모든 일들에 '쓰다'를 붙이는 건 퍽 자연스럽게 느껴진다. 쓰는 일은 그런 것이다. 소모하고 전달하는 일. 마음을 쓴다는 건 사람의 에너지를 쏟는 것과 다름없다. 그것이 사랑을 향하든 미움을 향하든 말이다. 사랑은 사랑이라 이쪽의 시선과 마음과 걱정과 염려와 신경을 온통 다 앗아가는 것이라면 미움은 어떻게 말할 수 있을까. 그게 크게 다른가? 어지간한 관찰과 집중 없이 사람을 미워하는 게 애초에 가능한가 말이다. 어떤 미움은 사랑이고 많은 사랑이 미움으로 연결되기도 한다는 건 정말 재미있고 쪼들리는 일이다. 한쪽만 아름답게 포장되어 있지만 실은 둘이 크게 다르지 않다는 점에서. 게다가 반대편으로 홀랑 넘어가는 건 늘 순식간에 벌어지는 일이라는 점에서 말이다.

마음 쓰는 일은 돈 쓰는 것과 같다. 쟁여둔 게 없으면 고통이 빚처럼 따라온다. 마르지 않을 거라 믿으며 타인에게 마음 쓰다 보면 정작 나한테 줄 마음이 바닥이 나서 쉽게 나를 미워해 버리고 화가 나는 것이다. 내가 준 마음은 오롯이 내 몫이어서 누가 이자를 쳐주지도 않는다. 안 그래도 저이자 시대인데다가 여기저기서 내가 나를 사랑하기 어렵게 만드는 세상이니 적당히 스스로 잘 잠가주는 수밖에 없다. 그렇다고 아예 안 쓸 수가 있나. 모르겠다. 수도꼭지 꼭꼭 잠그고 틀어쥐자니 영 마음이 편하지 않아서 안에서도 바가지가 새는 모양이다. 결국 이럴 바에 콸콸 틀어버리지 싶은 것이다. 아이고 내 팔자야.

콸콸 틀어둔 마음을 어찌할 바 몰라서 양동이에
담아두고 있자면 찌꺼기 몇 자가 가라앉는다. 그건 종종 글이
된다. 가만둔다고 글이 되면 얼마나 좋을까만은 바닥에서
건져 올려서 또다시 시간이며 마음이며 이따금 돈까지 써가며
믹서기에 콸콸 갈아 예쁘게 담아내 줘야 한다. 그래야 테이블에
낼 용기를 가질 수도 있겠지.

그나저나 마음 쓴다는 말은 누가 가장 먼저 썼을까.
밝혀지면 쫓아가서 물어보고 싶다. 안녕하세요, 제가 그냥
궁금해서 그러는데요, 어떻게 마음을 쓴다는 표현을 쓰시게,
아니 사용하시게 되셨을까요? 용도의 문제일까요? 내어줌의
문제일까요? 혹시 소비에 가까운 걸까요? 선생님의 의중과
맥락이 궁금해서요. 아니 제가 따지는 것은 아니고 이래도
저래도 너무나 잘 어울리는 바람에 제가 또 물색없이 쫓아와서
묻고 있습니다. 저도 잘 쓰고 있는 말이라... 쓴다는 말이 이래도
저래도 참 쓰고 쓰이는 것이어서요. 요망하기도 하지요.

마주 앉은 친구에게는 그냥 이렇게 말해버렸다. 야, 돈
빼고 우리 다 쓰고 살자고. 마음이고 글이고 뭐든 간에. 마음
쓰이는 일에는 그 마음 팍팍 써버리고 그러고 나서 이제 됐다
나는 끝! 하고 툭툭 털고 일어나버리자고. 쓸 마음이, 쓰이는
마음이 있다는 건 일말의 다정이나마 마음에 남아있다는
뜻이니까. 누군가는 그걸 더러 미련이라고 한대도 어쩔 수
없다. 가진 마음이 남아있는 쪽이 더 쓰는 편이 아무래도 낫지.
그렇게 생각해버리기로 한다. 사랑 없는 미련도 있었던가. 잘난
사랑 못난 사랑 상관없이 어쨌든 사랑과 다정 없인 미련도 못

부리는걸. 실컷 미련해 보고 괴로워하는 동안 곁에 있을 테니 언제든 이렇게 만나서 이야기할 수 있다면 그걸로 된 게 아닐까 하고. 겁 없이 용감하고 단순하게 또 이야기해버렸다.

모든 경우의 수와 불행의 가능성을 뭉개가면서까지 네 곁에 있고 싶다고, 용감하게 글로 또 써버렸다. 내 마음 마구 담아서.

함께 살고 있습니다만

어떤 호칭에는 너무 많은 것들이 담겨있거나 묻어있어서
단어를 떠올리는 것만으로도 복잡한 기분이 들기도 한다. 그
안에 담긴 사회적 합의를 바라보는 건 어쩌면 좀 속 시끄러운
일이다. 호칭이라는 건 단순한 지칭일 뿐만은 아니니까.
교묘하게 짜인 역사로부터의 강요, 수많은 개인의 다채로운
시각, 따라잡을 수 없이 복잡한 맥락들이 호칭 뒤에 필사적으로
파묻혀있다. 그걸 목격할 때마다 나는 홀연히 괴로워진다.
  음, 그러니까... '남자친구'라는 단어에 대해
이야기해보고 싶다는 소리다. 이 단어는 뜯어보면 뜯어볼수록
참 희한하다. 놀랍게도 성별이 남사인 친구의 존재 여부를 묻는
것이 아니다. 더 놀랍게도 그 사실을 모르는 이가 드문 세상이
되었다. 이미 그 자체로 의미 전달 멀쩡히 잘 될 단어를 두고
'남자사람친구'라는 신조어까지 생겨버렸다. 그럼 '남자친구'는
사람이 아닌가? 뭐 어떤 면에서는 그렇기도 하다. 성애 안에서
'인간'은 지워지고 '역할놀이'만 살아남는 경우도 숱하니까.

너무 꼬인 사람처럼 보이고 싶지는 않으니 뻔한 이야기는
여기까지 해야겠다.

　자, 그래서, 사랑을 주고받기로 상호 합의에 도달한,
잠정적 시스 헤테로 남성 인간이 내 곁에 있는가? 그렇다.
있다. 공교롭게도(?) 그렇게 되었다. 그와 나는 서로를 연애
대상이라기보다 함께 성장할 수 있는 인생의 동료로 여겼고,
그래서 이 관계를 시작할 수 있었다. 몇 번의 사계절을 보낸
뒤 서로를 '가족'으로 선택한 건 우리에게는 자연스러운
일이었다. 굳이 구구절절 설명하거나 어떤 절차에 의탁할
필요도 없었다. 현관을 함께 드나들고 같은 곳에서 휴식과
안정을 찾는 일. 같은 식탁과 식사를 나누는 식구로서의 일상.
소파에 앉아 가깝거나 먼 미래를 이야기하는 매일 저녁. 서로가
수렁에 빠졌을 때 가만히 물가에서 지켜보다가 손을 쭉 뻗어
끄집어내주는 사이로 사는 지금이, 그리고 이같은 미래가
서로의 머릿속에서는 당연했다. 그런데 문제는, 그 당연함이
너무 자연스러웠던 나머지 그와 나 사이에서만 당연했던
것이라는 게 내 모든 스트레스의 근원일지도 모르겠다는 거다.

　내 나이 30대. 이 넓고 커다란 세상이 내게 기대하는
것이 결국 결혼(그 개념이 결혼'식'인지, 혼인 '신고'인지, 둘 다
포함하는지 가끔은 세상도 헷갈리는 것 같긴 하지만)과 재생산이라는
것을 알고 있다. 결혼식장에서 웨딩드레스를 입고 단아한
미소를 지으며 천천히 아버지 손을 잡고 버진-로드(이름도
구리지)를 걸은 뒤 남자에게 전해지거나, 산부인과에서
질과 항문 사이를 찢어가며 새 생명을 탄생시키는 일. 내

인생에서 그런 것들을 원했던 적은 단 한 순간도 없었다. 좀 더 솔직하게 말해볼까. 나는 그것들이 싫었다. 친구들의 결정과 세레모니에는 마음 다해 축하하고 박수치고 울면서도, 아가들의 걸음마를 쫓아가는 보호자들을 보며 나도 모르게 미소를 짓고 어렴풋이 저런 게 행복의 테두리인가 생각하면서도, 그 자리에 나 자신을 대입시킨 적은 없었다. 고구마 좋아한다고 고구마 농사를 짓지는 않는 것처럼. 타인의 행복과 의례에는 기쁜 마음일 수 있지만, 아직까지 그 동일한 의례 속에 나를 대입하기는 어렵다.

내가 어떤 생각을 가졌건 말건 세상은 별로 관심 없어 보인다. 그래도 여자는, 그래도 네 나이면 등으로 시작하는 기대를 따다 밤하늘을 수놓으면, 아아 하늘은 눈부시게 빛날 것이다. 내가 동거 중이라는 걸 아는 친구들은 "잘 지냈어?" 인사와 같은 무게로 내게 묻는다. "그래서, 식은 언제 해?" 이후의 대화는 대부분 아래와 같이 흐른다.

- 나는 식이 싫어. 식이 싫어서 결혼 안 해.
- 응? 그래도 식 비슷한 건 할 수 있잖아.
- 그게 싫은 거야. 귀찮아.

그러면 자리엔 침묵과 동시에 각자 머리 위로 물음표가 뜬다. 사실 귀찮다는 말 뒤에 수많은 문장이 더 있다. 단지 자리를 불편하게 하지 않으려 감출 뿐이다. 아마도 이런 것들.

- 필요 없고 쓸모없어. 그 모든 게 다 낭비로 느껴져.
   준비 과정에서 너무 많은 에너지를 소모할 것
   같은데 나는 내일 당장 제대로 살아낼 에너지
   정도만 겨우 가지고 있어.
   내가 내 파트너랑 사는데 왜 모르는 사람들에게
   인증과 인정을 받아야 하는지 모르겠어.

그리곤 또 한 번 깨닫는다. 여전히 내 생각이 이상하게 여겨지는 세상이구나. 하지만 내게는 내 생각이 너무나 합리적으로 여겨진다. 나는 지금 우리가 선택한 방식이 마음에 든다. 두 사람이 오롯이 서로에게 집중할 수 있다는 점에서. 자원 낭비를 피했다는 점에서. 불필요한 감정 소모를 겪지 않는다는 점에서. 그리고 같이 산 뒤의 내가 이전보다 훨씬 행복하다는 점에서.

우리는 그놈의 세상과 그놈의 기대나 당연함 같은 것들을 무시하기로 했다. 설득될 만한 논리가 없어 보여서 그냥 못 본 척하기로 했다. 들여다보고 나니 못 본 척하기가 한결 쉬워졌다. 무시할 명분은 차고 넘쳤다. 제도를 양껏 비웃고 싶었던 비뚤어진 마음도 그중 하나였다. 우리가 비뚤어진 게 아니라 세상이 이미 비뚤어져 있었다고, 그 속에서 비뚤어진 채 사는 우리는 결국 똑바로 서서 보고 있는 거라고 우기다 보니 맘 편히 비웃을 수 있었다. 우리가 비뚤어진 이유는 각자의 생애 전반에 걸쳐 잔잔하고 강렬하게 퍼져있었다.

나는 TK 종갓집 성골(?) 장녀로 자랐다. 모계와 부계

모두 종갓집이었다. 암만 봐도 그냥 흔한 '큰집'인 거 같은데
양가 모두 종갓집이라고 주장하니 뭐 그냥 그렇게 불러주기로
한다. 친척들이 모이는 매 순간 촘촘하게 차별이 선명했는데
그걸 보고 괴로워하는 건 이상하게도 나뿐이었다. 이상한
걸 잘 숨기지도 못해서, 왜 여자들만 일해요? 큰아빠는 놀고
있는데 왜 내가 커피 타서 드려야 해요? 왜 삼촌들만 큰 상에서
밥 먹고 우리는 작은 상에서 먹어요? 왜 숙모는 숙모 집에 안
가요? 왜 오빠랑 동생은 따뜻한 밥 먹고 나는 식고 이상한
냄새 나는 밥 줘요? 같은 말을 서슴없이 하느라 되바라지고
말 못 가리는 계집애 캐릭터를 일찌감치 획득했더랬다. '나쁜
년' 되는 게 세상 쉬운 일이라는 걸 아주 일찍부터 배웠다.
있는 사실 그대로 이야기만 해도 욕먹기 얼마나 쉽게요? 셀프
조기교육의 사례로 남겨야 마땅하다.

　　본 적도 없는 남의 조상 밥상 차리기에 무려 연
20회가량 착취당하는 엄마와 그것을 당연시하는 내 주변 모든
어른들을 보며 열세 살 때 이미 굳게 마음먹었다. '며느리'로는
절대 살지 않겠다고. 나를 키운 것은 절반이 페미니즘이고
절반이 망할 놈의 종갓집 문화에서 파생된 헛소리들이었는데,
아이러니하게도 그 둘 다 같은 결론으로 수렴했다. 덕분에
세상이 내게 요구하는 '여자' 역할 중 몇몇에는 아주 순수하고
맑은 진심으로 거리낌 없이 중지를 올릴 수 있었다.

　　남성인 동거인의 경우, 종갓집 피라미드 꼭대기에
있는 사람이다. 종손이란 뜻이다. 그는 평생 지켜본바,
본인의 어머니가 빠진 수렁에 다른 여성을 끌어들이는 것은

죄악이라고 생각하게 되었고 어릴 적부터 제도화된 혼인 안에
결코 편입되지 않겠다고 마음먹었다고 했다. 몇 년 전에는
혹시나 하는 희망으로 종손의 이름으로 원가족의 명절 문화를
뒤집으려고 시도했으나 역시나 하는 결과를 불러일으키며
대차게 실패했다. 제사 이제 그만 합시다, 이제 삼촌들이
직접 음식하고 치르십시오, 라고 했더니 돌아오는 것은 여성
가족원들의 그러지 마라, 불편해진다, 그냥 하던 대로 하자
하는 소리였다고. 그때 그는 느꼈단다. 아 이거 내가 나댄다고
되는 일이 아니구나. 함부로 나섰구나. 아직 부족하구나.
그리고는 여전히 방법을 고민한다. 어떤 식의 접근법이
좋을지를. 물론 여전히 답을 찾지 못한 것 같지만.

그가 종손이라는 사실을 알았을 때 나는 적잖이
당황했다. 내가 평생 만나 온 종손들은 뭐든 다 할 수 있다고 다
해야 한다고 소리치면서 정작 때가 되면 아무것도 하지 않는,
그러나 좋은 것을 가장 먼저 다 가져가 버리는 남자들이었다.
그러지 않는 종손도 있다니 나는 당황스러웠다. 내가 본 그는
자기 손바닥만 한 작은 강아지를 데리고 다니며 시시때때로
말을 걸고 염려하고, 책방이나 카페를 다니며 강아지가 행여
다치거나 실수할까 봐 조마조마하는 사람이었다.

그 당시만 해도 내 주변에는 자기보다 작고 약한 것을
두려워할 줄 아는 사람이 무척 드물었다. 나는 그의 그런
태도를 배우고 싶었다. 삶을 의연하게 관망하면서 적당히
다른 존재에게 자신을 내어주는 그 자세를 나도 갖고 싶었다.
오가며 마주치면 그에게 질문을 했다. 질문은 대화로 이어졌고

대화는 술 한 잔 안 마시고도 으레 두 시간, 세 시간을 넘겼다. 같은 가치를 사랑하고 같은 것에 분노하는 사람과는 사랑에 빠지기도 동지애를 느끼기도 얼마나 쉬운지. 이 사람과 인생을 함께 고민해보고 싶다, 계속해서 서로에게서 배워가며 의지하고 의지되고 싶다고 생각했다. 긴 입덕부정기(?)를 거친 뒤 마음을 나눴다.

둘은 참 말을 잘 듣는 딸이고 아들이었지만 속에서 일어나는 불길까지 죽이지는 못했다. 왜? 말이 안 되니까. 어째서 '가족'이라는 미명 하에 이토록 일상적이고 사소한 폭력이 끊이지를 않는가. 이상한 것을 이상하다고 말하면 매서운 눈길과 조용히 하라는 입단속만 돌아왔다. 한쪽의 닥침이 아니라 쌍방의 논의와 대화를 통한 이해가 필요했지만 우릴 키운 어른들은 대체로 그런 식이었다. 가족으로 묶인 어른들에게서 단 한 번도 온전히 하나의 독립된 인격체로 이해받은 적 없는 두 사람. 이 두 사람이 만나 전혀 다른 가족이 되기로 결심한 건 지극히 자연스러운 일이었다.

어쩌다 나의 동거 사실을 알게 된 주변의 어른들은 그야말로 덮어두고 힐난하기 바쁘다. 이런 이야기를 구구절절 할 이유도 없지만 구구절절 알지도 못하면서 일장 연설을 듣는 일은 언제 당해도 빡친다. 그래, 빡친다. 걱정으로 시작해 비난으로 급커브를 틀면서 시작되는 본심은 이렇다. 똑똑한 척 혼자 다 하더니 너도 별수 없는 평범한 여자네?(평범한 여자 그게 뭔데요... 어떻게 하는 건데요...) 그러다 하자 있어서 나중에 결혼 못하면 어쩔 거냐?(어디서부터 답변을 시작해야 할지...) 그런 애들이 갑자기 너 버리고 딴 여자랑 결혼하고 그러니까 조심해라? 같은 말들. 어디서 많이 들은 말인데도 들을 때마다 손톱 거스러미처럼 거슬리고 짜증 나게 하는 말들 말이다.

웃으면서 이러저러해서 우리는 이렇게 산다고 최대한 상냥하게 설명하고 나면 '아하 그렇구나' 하는 합리적 이해가 돌아오냐고? 천만의 말씀, 오천만의 어이없음입니다. 내 이야기를 듣고 나면 그들은 팔짱을 낀 채 뒤로 몸을 젖히고 다리를 꼰 뒤 "너 차암 똑똑하네" 하고 아무렇지 않은 척 웃으셔도요, 저는 압니다. 당신이 말하는 '똑똑함'이 '굉장합니다!'라는 뜻일 리가 없다는 것을요. 그 정도는 안단 말이지요. 하지만 다들 참 뭐랄까. 나를 바보 취급하는 게 아닌가 싶고. 아니 대체 왜들 그러시는지. 여자가 동거를 하면 바보가 되는, 제가 모르는 어떤 생물학적 시스템이나 말도안되니즘같은 것이 있나요? 하고 묻고 싶다. 하지만 그렇게까지 하지는 않을 것이다. 무례는 범하는 사람의 편이니까. 그냥 그런 채로 두고 싶은 욕심에. 걸어오는 무례에 휩쓸리면 나도 무례한 인간이 되어버리니까. 그건 좀 억울해서 나는 그저 웃고 자리를 뜬다.

그리고는 집에 돌아와서 노트북을 켜고 하얀 빈 화면에다가 분노의 타이핑을 하는 것이다. 아이고 그렇게 자빠져서 제 무릎이 이렇게 안 좋은가 봅니다, 똑똑한 척보다는 차라리 똑똑하다고 봐주시면 안 될까요, 똑똑도 여자 차별하나요 서럽게시리, 결혼이야 안 하면 되고 아 몰라요 그냥 혼자 늙어 죽지요 뭐! 하고 코파면서 심드렁한 척 무시하는

척해본다. 적절하고 건강한 대응 방식이라고 스스로를
위로해봐도 하나도 속 시원하지 않다. 왜냐면 이 모든 무례가
동거인에게로는 향하지 않기 때문이다.

알고 있다. 그와 내가 완전히 동등한 값으로 존중받는
사회가 아니라는 사실을. 그건 여전히 화가 나지만 마냥
화만 낼 수도 없어 일정부분 낙담하며 살고 있는 것도
사실이다. 받아들였단 말이다. 그래도 이런 식으로 확인하고
싶지는 않았다. 내가 나의 새로운 가족을 스스로 선택하기로
마음먹었을 때 그 뒤에 따라올 타인의 갖은 무례를 예상하지
않은 건 아니었고, 때문에 오래전부터 가능한 한 많고 다양한
경우의 수를 있는 힘껏 상상해왔다. 일종의 백신인 셈이었는데,
미리 상상으로 낙담하고 나면 그래도 좀 덜 아플 수 있을까
해서였다. 그러나 여성의 현실은 늘 상상을 뛰어넘는다는
사실을 너무 가뿐히 잊어버렸던 걸까. 내가 한 줌짜리 체력과
에너지를 이런저런 헛소리를 듣고 담아두는 데 소모하는 동안,
동거인은 주변에 공공연히 "저 동거해요. 살림 차렸어요"라고
말하고 다녔고 그 누구도 하자가 어쩌고 헛소리가 어쩌고 하며
훈수 두지 않았다. 그의 말에 따르면 그가 가장 흔하게 들은,
동시에 가장 적극적인 반응은 답은 "야, 좋겠다"였다고 한다.
내가 그에게 했던 말도 같았다. "야, 좋겠다."

재미있다. 여성이 한 남성과 동거한다고 할 땐 그 누구도
상대와 당사자의 관계를 가족으로 인정하지 않는다. 여성이
스스로 자신의 하자(?)를 자초한다고 여기는 사람들이 많다.
잠깐의 장난처럼 치부한다. 그러나 여러분, 세상에 어떤 여성이

남성과 살기를 결정하면서 장난처럼 결정할 수 있는지요. 어떤 모습을 마주하게 될 줄 알고. 매일 뉴스에서 들리는 소식들만 봐도 같은 집에 살기로 마음먹는 일은 얼마나 많은 고민이 필요한 것인지 알 수 있다.

그런데 남성이 여성과 동거한다고 하면 이미 완전한 가족 혹은 법적 효력을 가지는 정상가족관계에 진입하기 위해 마땅히 필요한 전초전·준비 과정·적응 상태 정도로 파악하는 것 같다. 진짜 바라는 거 되게 많은데 하나하나 더 모순적이어서 맞춰주기도 힘들 지경이다. 제발 하나만 했으면 좋겠는데 왜 다들 가지가지 하는가. 알 방법이 없다.

내가 알아서 내 가족을 선택하고 살아보겠다고 말하는 데 따라오는 귀찮은 것들이 너무 많다. 흔한 인정의 절차를 따르지 않았다는 이유만으로 말이다. 그러나, 이보다 더 힘든 일이 많았더라도 같은 결정을 했을 것이다. 이유는 단순하다. 아주 운 좋게도, 내 옆에 있는 사람이 나와 같은 가치를 공유하고 비슷한 욕구를 가졌기 때문에. 그와 나 둘 다, 숫자로 보이는 가치보다 오늘 하루치 행복이 더 소중한 사람들이기 때문에. 쇼윈도 가족의 폐해를 직접 타파해보고 싶은 사람들이기 때문에. 부모 세대와는 전혀 다른 방식의 삶을 실험해보고 싶기 때문에.

이렇게 대차게 구구절절 말해놨지만 어떤 상황이 닥치면 혼인신고를 해야 할지도 모르겠다. 혼인신고를 했을 때의 부작용과 이익이 촘촘히 머릿속에서 부딪히며 마음을 어지럽힌다. 대출이 급하다든가 둘 중 하나가 병원 신세를

오래 저야 한다든가 하는 힘든 상황이 닥치면 혼인신고를
해야겠지. 당장 보호자로서의 지위를 입증할 방법이 없으니까.
그리고 얻는 이득이 너무 분명하니까. 그렇지만 어쩐지
양가와 국가로부터 '드디어' 가족으로서 인정받는 잔잔한
굴욕감을 과연 내가 감당할 수 있을 것인가. 일상적 오지랖은
차치하고라도, 그 뒤에 따라올 며느리 역할에 대한 기대감을
우리가 합심해서 정말 잘 뿌리 뽑을 수 있을 것인가. 두 당사자
본인도 본 적 없는 n^n촌의 친척들을 만나야 하는 자리가
생기지는 않을 것인가. 되지도 않는 품평을 당하지는 않을
것인가... 상상은 늘 힘이 강하고 나는 거기에 잘 휘둘린다.
그리고 대개 많은 상상은 탄탄한 현실에 기반을 두고 있다.

혼인신고로 대변되는 제도로의 편입을 염두에 두는
건, 마음먹으면 할 수 있는 일이기에 가능하다. 그리고 그
가능성이 나를 한없이 찜찜하게 한다. 멀쩡한 성인 두 사람이
같은 주소지를 공유하며 부대낀다는 걸 반드시 혼인신고라는
제도를 통해서만 증명해야 하고, 이 증명이 있어야 국가로부터
'가정'으로 인정된다는 점은 영 달갑지 않다. 게다가 그마저
두 사람의 성별이 다른 경우에만 주어지는 인정이라는 사실도
화가 난다. 사랑과 보호보다 되레 사벌에 훨씬 가까운 이 인정
체계를 아직 받아들일 수 없다. 내 권리를 찾는 일 중 어떤
일이 누군가에게 차별 그 자체라니. 아, 그러니까 생활동반자법
내놓으시라고요. 고 정도가 딱 좋겠다고요. 아, 맡겨놨다고요.

삼삼삼, 얼음!

끈적이는 공기와 삼베 이불 사이에 누워 천장의 무늬를
빤히 바라봤다. 쟤는 네 살밖에 안 된 애가 아무것도 안 하고
누워 있는 걸 좋아해, 하고 어른들은 말했다. 한참을 모르는
소리였다. 저게 대체 무슨 모양일까, 무얼 나타내고 싶었던
걸까, 왜 저렇게 그린 걸까 고민하라 눈이 빠질 지경이었다.
매일.

　　　자다 깨서 보면 물결무늬 같았고 바람이 좀 불면 아
바람 무늬인가 싶기도 하고 어떤 날엔 할머니 댁 논밭의 무성한
벼 머리 같았다. 맨날 고민해도 맨날 풀리지 않았고 맨날
피곤했다. 나가서 놀든지 동생을 돌보든지 하라는 말에 동생
옆에 나란히 누워 천장을 보기로 했다. 아가는 계속 칭얼거린다.
오른손을 뻗어 가슴팍을 토닥토닥. 토닥토닥. 사실 온 신경은
천장 무늬에 쏠려있다. 어, 아까 감고 나온 내 머리카락 같기도
하다! 엄마는 오늘 아침, 수건으로 내 머리를 툴툴 털어준 다음
대문을 열고 나가서 잠깐 서 있으면 머리가 잘 마를 거라고

했다. 땡볕 아래에서 뛰는 건 별로지만 가만히 서 있는 건 좋다. 그 아래 서서 머리칼을 손가락으로 슥슥 훑다 보면 손가락 사이로 보드랍고 따뜻한 느낌이 끼어든다. 뒤통수를 요래조래 굴리며 머리를 말리는 척 1층에는 무슨 일 없나 귀를 기울였다.

2층에는 나와 엄마와 동생과 아빠가 살아서 우리집이고, 1층은 주인집이다. 주인집은 왜 주인집일까? 주인집에는 나랑 동갑인 남자애가 하나 있고 이름은 경수다. 흠 우리 집은 서하네 집인데 왜 경수네는 주인집이지? 집에도 나처럼 이름이 있는 걸까? 하여간 엄마와 아빠는 그 집 가족 셋을 모두 주인집 누구라고 부른다. 주인집 여자가 9시 이후에 변기 물 내리지 말래요, 퇴근길에 보니까 주인집 남자 또 멕시카나에서 맥주 마시던데, 주인집 아들 오늘도 뛰어다니다가 복개천에서 무릎 갈았대. 그러다가 겨울이 끝나갈 때쯤엔 좀 달라졌다. 사모님이 오늘은 만났는데 별말이 없던데, 내년엔 어떻게, 집세 그대로 해주려나. 사장님은 별 낌새 없어요? 하고. 이름이 여러 개라서 좋겠다고 생각했다. 하긴 나도, 2층집 딸내미였다가 서하였다가 한다.

우리 집 바닥이 주인집 천장인 곳에서 나는 늘 발가락에 힘을 주고 뒤꿈치를 바짝 든 채 걸어 다닌다. 왜 이래야 하냐고 엄마한테 물어보면 우리 집 밑에는 주인집이 있어서라고 한다. 아빠한테 물어보면 여자애는 쿵쾅쿵쾅 걸으면 안 된다고 한다. 그게 왜요 하고 물었더니 아빠가 벌컥 소리를 질렀다. 밥이나 빨리 먹으라고 하는데 눈물이 찔끔 나고 코가 매웠다. 쌀밥이 매워서 물을 잔뜩 마셨다. 아직도 잘 이해가 안 된다.

아무튼 집 안에서 살금살금 걷다가 내려다보면 내 발가락은 늘 하얀색이다. 어제 먹은 완두콩만 한데 색깔은 하얗다. 웃기다.

경수랑은 별로 안 친하다. 걔는 복개천에서 새까만 얼굴로 뛰어놀다가 나를 마주치면 멈춰서서 빤히 째려본다. 그러다가 괜히 어깨를 한 대 치고 도망간다. 처음 이사 왔을 때는 안 그랬는데. 이상하다. 경수랑 어깨를 부딪친 날엔 천장 무늬가 열 받은 내 머리같이 보인다. 내 눈에는 똑같이 생겼다.

어린이날 선물로 분홍자전거를 받았다. 경수가 그걸 보더니 자기 엄마한테 가서 진서하한테 새 자전거가 생겼다고 일렀다. 그러자 주인집 여자, 사모님, 아니 경수 엄마는 보라색 고무 슬리퍼를 신고 저벅저벅 걸어 나와서 자전거를 보고 말했다. 예쁘네? 엄마가 사줬니? 아빠 월급날이니? "엄마랑 아빠가 사주셨어요" 하고 멀뚱히 아주머니를 쳐다봤다. 그랬더니 아주머니는 경수의 것과 똑같이 생긴 눈을 가지고 똑같은 눈빛으로 나를 째려봤다. 그리고는 대문을 닫고 들어가다 말고 다시 나와 나를 보며 입술을 한 번 달싹, 우리 집을 한 번 힐끗, 그러다 그냥 집으로 들어갔다. 나는 자전거를 2층에 낑낑 가지고 올라가서 구석에 숨겼다. 엄마한테는 말 안 했다. 그냥. 자전거 타고 복개천 위를 씽씽 달리고 싶으면 일단 1층에 누가 있나 살펴본다. 왠지 주인집에서 내 분홍자전거를 보면 안 될 것 같다. 그것 때문에 아주머니가 화가 난 거 같으니까.

아무튼 1층을 내려다보면서 뒤통수를 땡볕에 굴리고 있는데 갑자기 1층 대문이 끼익하고 열렸다. 나는 놀라서 머리긴 귀신같은 자세를 한 채 귀신을 본 사람치럼 굳었다.
보라색 고무 슬리퍼를 신은 경수 엄마가 잔뜩 인상을 구긴
채로 한숨을 쉬면서 우리 집 계단을 올라왔다. 그 뒤로
아저씨의 고함이 따라붙었다. 근데 대문이 쾅 닫히면서 금방
사라졌다. 왠지 아주머니는 뒤통수를 안 말려도 괜찮을 거
같다고 생각했다. 성큼성큼 2층으로 들어온 아주머니가 물었다.
너 거기서 뭐하니? 대답하려고 했는데 아주머니는 벌써
나를 휙 지나쳤다. 그리고는 우리 집 대문을 휙 열어젖혔다.
서하 엄마, 커피 한잔하자. 보라색 슬리퍼가 현관 바닥으로
날아가는 중이었다. 오른쪽이 뒤집어진 채 툭 떨어졌다. 집
안에 있던 엄마가 도도도 달려오며 어머 오셨어요? 말하고
현관 앞에 선 나를 봤다. 눈이 마주치자 엄마가 말했다. 신발
똑바로 정리하고 들어와야지. 뒤통수만 마른 머리를 머쓱하게
만지다가 얼떨결에 집으로 들어갔다.

　　　경수 엄마가 식탁에 앉았다. 나는 못 본 척하고 방으로
호다닥 들어갔다. 왠지 아까보다 조금 더 더운 것 같다.
선풍기를 켰다. 파란 날개가 달달달 소리를 내며 돌아가기
시작했다. 동생은 계속 잔다. 아 참, 아가 가까이에 선풍기를
두면 안 된다고 했지. 두 팔을 쫙 뻗어 선풍기를 껴안고 낑낑
벽 쪽으로 옮겼다. 이마에 땀이 났다. 선풍기 앞에 가만히 서서
아아아아아 소리를 냈다. 하지 말라고 할 땐 재미있었는데
아무도 안 말리니까 별로 재미가 없다. 다시 동생 옆에 누웠다.
바싹 마른 뒤통수가 베개에 닿게, 젖은 머리는 베개 위로
펼쳐서 안테나처럼 쭉 늘어뜨린 채로. 오늘은 천장 무늬가

뭐로 보일까. 가만히 쳐다보고 있는데 문밖에서 달그락거리는
소리가 들린다.

　　서하 엄마, 나는 삼삼삼. 알지? 아이 그럼요 잘 알죠.
뚜껑을 돌려 병을 여는 소리가 세 번 들린다. 병뚜껑이
빙글빙글 돌아가면서 데구르르 소리를 내다가 식탁 유리
위에 탁! 하고 안착하는 소리도 세 번 들린다. 삼삼삼. 삼삼삼.
삼삼삼. 삼삼삼은 소리도 삼삼삼처럼 들렸다. 주전자가
휘파람을 불고 가스 불이 꺼졌다. 삼삼삼 위로 뜨거운 물을
붓자 달고 쓴 향기가 천장 무늬처럼 온 집안에 퍼졌다. 얼음은
유리잔에 퐁퐁퐁하고 들어가서 저들끼리 달그락하고 몸을
얽어댔다. 단내에 나도 모르게 방문을 빼꼼히 열고 나갔다.
엄마가 웃는다. 귀신같이 알고 나왔네. 이리 와 봐.

　　싫거나 무섭거나 아니면 그 사이에 있는 주인집
아주머니. 문만 열어도 내가 왜 나왔는지 아는 우리 엄마. 둘
사이에 내 의자를 끌고 가서 앉았다. 유리잔과 삼삼삼과 얼음과
티스푼이 계속 만나면서 경쾌한 소리를 냈다. 달그락 같기도
하고 쨍그랑 같기도 하고 토각토각 같기도 했다. 보는 것만으로
달았고 듣는 것만으로 신났다. 엄마는 얼음이 작아질 때까지
티스푼으로 계속 삼삼삼을 휘저었다. 적당히 녹아 작아진 얼음
한 알을 티스푼으로 건졌다. 아아 해 봐.

　　아 –

　　엄청 달콤하고 조금 쌉쌀하고 아주 차가운 맛. 머리가

찌릿하고 혀 안에 침이 더 고였다. 네 살에게 허락된 삼삼삼은
작은 얼음 알에 묻어있는 정도가 전부였다. 콩보다 작은 이로
오독오독 얼음을 씹으면서 티스푼을 계속 쳐다봤다. 엄마와
경수 엄마가 웃었다. 얘도 믹스커피 좋아해? 하여간 맛있는
건 애들이 귀신같이 제일 잘 알아. 자, 아 해 봐. 경수 엄마가
말했다.

　　　아 -

　　　쪽쪽쪽 소리를 내며 삼삼삼을 빨아먹고 나면 금방
오독오독의 시간이 왔다. 경수 엄마가 나를 보면서 웃고
있었다. 우리 경수도 이걸 얼마나 탐내는지 몰라. 얘도 그러네.
경수 엄마가 계속 웃고 있었다. 그리고는 경수 이야기가
계속됐다. 애가 누굴 닮아 그렇게 산만한지 모르겠어.
남자애들은 다 그런가? 경수 아빠는 남자애들은 다 그렇다는데
어휴 나는 정말 걱정이야. 그래도 우리 애가...

　　　아 -

　　　경수 이야기가 경수 아빠 이야기로 이어지는 동안 나는
엄마와 경수 엄마 사이에 앉아 계속 입을 벌렸다. 엄마와 경수
엄마는 계속 경수 이야기를 하면서 내 입에 얼음을 넣어줬다.
이런 거라면 경수 이야기를 계속하는 것도 괜찮겠다고
생각했다. 경수 엄마는 우리 엄마를 보며 하고 싶은 이야기를

계속했고 우리 엄마는 고개를 끄덕이며 내 입만 쳐다봤다. 경수 이야기보다 내 작은 이빨이 내는 소리가 더 재미있다는 듯이 희미하게 웃으면서. 엄마가 웃는 게 좋았고 경수 엄마가 정신없이 내 입에 얼음을 넣어주는 것도 좋았다. 동생이 깨지 않기를 바라면서, 아주머니가 하고 싶은 경수 이야기가 아주 많이 남아 있으면 좋겠다고 생각하면서 나는 계속 아 - 하고 엄마들 사이에서 입을 벌렸다. 달고 쓴 삼삼삼과 얼음과 여름과 경수 이야기.

그날 밤 백열등이 꺼지기 전 마지막으로 본 천장 무늬는 주전자의 휘파람 소리였다.

히피펌

스트레스가 가득 차올라 명치쯤에서 숨통을 틀어막고 있을
때 시도하는 몇 가지가 있다. 노트북 화면에 날 것의 욕을
쏟아내었다가 파일 삭제하기, 공책에 낙서를 휘갈긴 뒤
파쇄하기, 웹소설 읽기, 명상하기, 요가하기, 언덕 오르기,
하루종일 자기... 다행인지 불행인지 비실대는 몸을 타고 난
덕에 술이나 담배처럼 몸을 해치는 것들에 중독되지는 않았다.
중독될 새도 없이 아마 바로 병들었을 몸이니, 차라리 낫다고
해야 하나. 어쨌든 여러 가지, 가지가지 시도해보며 혼자만의
방식을 여럿 마련해뒀다.

　　　적당히 도피하고 적당히 맞서본 여러 가지 중 가장
돈 많이 들면서 제일 자극이 강한 건 헤어스타일을 바꾸는
일이었다. 자기 눈에 띄는 외양 변화가 생각보다 큰 자극이라는
걸 알게 된 후에야 미용실로 향할 결심이 자주 들었다.
미용실은 오래도록 내게 버겁고 귀찮고 힘든 곳이었다. 도저히
어쩔 수 없을 때까지 버티고 또 버티다가 가는 곳이었다.

방문 목표를 달성하기까지 너무 많은 결정과 취향과 결단이 필요했다. 거기에다 높은 확률로 원치 않는 스몰토크를 나누며 오래, 아주 오랜 시간 한자리에 앉아 있어야 했다. 학창 시절 수학 시간 다음으로 힘든 곳이 미용실 의자 위였다.

어떤 스타일로 바꿀 건지 결정하는 일도, 의자에 앉아 가만히 손길을 받으며 몇 시간을 기다리는 일도 여전히 익숙하지 않지만, 꾹 참고 시간을 보내고 나면 잠깐 숨이 트일 정도의 기분 전환을 할 수 있다. 딱 그 정도의 리프레쉬를 위해 큰마음을 먹어야 했다. 들어가기 전부터 나오기까지 여전히 내겐 하나도 쉬운 일이 없다. 그래도 내 맘대로 선명하게 바꿀 수 있는 뭔가가 있다는 확신 하나가 이따금 미용실을 찾게 만들었다.

그래서, 히피펌을 했다. 수년간 짧은 머리로 살다가 어느 날 미용실에 가는 게 치가 떨리도록 귀찮고 지겨워서 머리를 기르기 시작한 지 일 년 정도 지나서였다. 말이 기른 머리지 사실상 방치였으니, 이리저리 어지럽게 엉키고 뻗치는 머리칼이 지저분해 보이기 시작했다. 미용실로 향하는 수밖에 없었다. 두세 번 곱씹어봐야 무슨 뜻인지 겨우 짐작할 수 있는 어려운 상호명과 세련된 인테리어, 수많은 실장님들 이름 아래 내게는 너무 비싼 가격들. 하염없이 스크롤을 내리며 둘러보다가 지역 맘카페의 한 게시물에 시선이 멈췄다. 십수 년 전부터 빠른 손놀림으로 휘뚜루마뚜루 동네 사람들의 머리를 말아왔다는 곳이었다. 저렴한 가격에 아이 파마를 빠르고 뽀글뽀글하게 제대로 말아주는 곳이라고 했다. 이거다. 내가 원하는 게 이거였다. 게시물 아래 달린 단골들의 댓글은 내게 희망을 보여줬다. 저렴하고, 빠르게, 뽀글뽀글. 이 이상 바랄 게 없었다. 온라인 예약 플랫폼을 사용하지 않는 데다가, 어차피 예약 자체가 애초에 불가한 곳이라고 했다. 뭐랄까. 기술의 혜택과 타협하지 않는 재야의 고수같은 느낌이었다. 두근대는 마음으로 미용실로 찾아갔다.

어쩌고 드 살롱이나 저쩌고 헤어랩 같은 곳과 달리 이곳의 원장님은 내가 자리에 앉자마자 내 머리칼과 뒤통수를 휙휙 거침없이 다루며 살폈다. 그냥 감고 말리기만 하고 싶으니 히피펌이 좋을 것 같은데, 전문가가 보기엔 어떨 것 같냐고 의견을 구했다. 내 머리칼을 만지면서 가마의 위치를 파악한 뒤 원장님은 말했다.

"한 번 말면 다시 못 돌아올걸요?"

돌아올 수 없는 강을 건널 거라는 듯 확실한 메시지를 무심하게 던지는 1인자에게... 쫄지 않는 방법을... 나는 모른다. 겁먹은 목소리로 "헉 왜요?" 하고 되물었다. "첫째, 내가 잘 안 풀리게 잘 말 거거든. 둘째, 이게 생각보다 엄청 편할 거거든. 할까요?" 누가 들어도 1인자의 대사 같은 그 말을 듣고 신뢰는 확신으로 바뀌었다. "네, 해주세요! 뿌리까지 뽀글뽀글 말아주세요." 대답이 떨어지기 무섭게 머리가 사정없이 물에 적셔지고 약에 절여지고 롯드에 말리기 시작했다.

뿌리까지 뽀글뽀글이라는 말이 인상 깊었는지 원장님은 뿌리가 뽑힐 듯 바짝 롯드를 말아 내 머리에 붙였다. 숱도 별로 없는데 이거 다 뽑히는 거 아니야? 싶다가도 아까의 대사가

머릿속을 맴돌며 나의 의심을 잠재웠다. '내가 잘 안 풀리게 잘 말 거거든.'

오랜 세월 한 분야를 잘 파고들어 온 사람들의 자기 확신은 저렇게 담백하고 명확하다. 그런 이들이 늘 부러웠다. 어떤 일에 자기 자신을 머리부터 발끝까지 담그는 법을 아는 이들. 그런 용기가 있는 이들. 깊이 파고드는 것을 두려워하지 않는 이들. 조금 멀리 돌아가는 일도 개의치 않는 이들. 그러니까, 앞에 닥친 일을 '그냥' '일단' 해보는 이들 말이다. 빠른 손놀림으로 돌돌돌 머리를 말아 적당한 각도로 뒤통수에 바짝 붙여주는 그를 보고 있자니 선생님 소리가 절로 나왔다. 전문가란 이런 거구나 싶고. 그가 어떤 연유로 이 일을 시작했고 오래도록 이곳에 자리하고 있는지 알 순 없지만, 어쨌건 거기엔 꾸준함이라는 이유가 있었을 테니까. 그게 부러웠다. 나는 늘 시작만 기껍고 끝은 무서운 사람이어서 온 마음을 다하는 이들의 우직함과 미련함이 낯설었다. 그게 별 각오가 없어야 가능하다는 걸 알면서도 말이다.

물어보고 싶은 말이 많았지만 한 마디도 물어보지 않았다. 진짜 좋았던 건, 물어오는 말도 없었다는 점이다! 잔잔한 약 냄새에 뜨끈한 열기를 느끼며 시간이 다 되기를 기다리고 있자니 기분이 좋았다. 미용실에서 기분이 좋다니. TMI 대방출을 하지 않아도 된다니. 한 시간 반쯤 지났을까, 머리를 감자고 한다. 낡고 까만 세면대에 눕자마자 약간 차가운 물이 두피에 닿는다. 물 온도 괜찮죠? 하는 말에 "네..." 하고 대답하고 만다. 머리칼을 박박 빨래하듯 빨아주는데 김칫국물

묻은 채 빨래터에 등장한 흰 티셔츠가 된 기분이었다. 이상하게 한껏 웃고 싶어졌다. 하하하 하고. 누구도 내 머리를 이렇게 열심히 박박 빨아준 적이 없었는데. 머리칼 끝을 만지는데도 명치까지 시원해지는 기분이었다. 정말 웃고 싶었는데 얼굴 위에 타올을 덮어주지 않아서 그러질 못했다. 원장님과 계속 눈을 맞추고 있었거든. 그거 하나 아쉬웠다. 웃지 못한 것.

거울에 앉으니 나도 모르게 입꼬리가 실실 올라갔다. 4살 때 이후로 이런 머리를 해 본 적이 없는 것 같은데... 허허실실 웃음을 터트리려는데 무심한 얼굴로 원장님이 한 손엔 수건을 한 손엔 헤어드라이어를 들고 다가왔다. 감을 때도 그렇더니 말릴 때도 속전속결이다. 너무 시원시원하고 거침없어서 속이 다 개운했다. 지금 말리는 게 방금 만 머리인지 여태 얹힌 스트레스인지 알 수 없었고 그래서 더 시원했다.

현금가 4만 원이었다. 긴 머리를 뿌리까지 빠글빠글하게 전부 마는 데 드는 돈치고는 너무 저렴하지 않나 싶었지만 원장님 마음 변하기 전에 얼른 송금을 마치고 나왔다. "웬만해선 안 풀릴 건데, 혹시 풀리면 다시 와요." 원장님은 한 마디 덧붙인 뒤 저녁 식사를 해야 한다며 입구 푯말을 CLOSE로 돌렸다. 내 발로 가서 내 맘대로 스트레스를 풀어놓고도 어안이 벙벙해서 집으로 돌아오는 걸음이 조금 느렸다. 두피에 아직도 원장님의 손가락 힘이 느껴졌다. 누가 내 머리를 계속해서 마사지해주는 기분이었다.

그 손길에 분노도 같이 씻겨내려 간 기분이었다. 날씨가 제법 좋았고, 걸으면서 셀피를 찍어 친구에게 보냈다. 나 히피펌 했음! 꺄 미쳤다 야 너무 잘 어울려! 완전 다른 사람 같아!

그러게. 다른 사람처럼 살아볼까 싶었다.

보영에게

이런 일과 저런 일 속에서 어떻게 저떻게 살면서 느낀 건데요. 나는
참 그대로면서도 많이 변했어요. 보영도 그런가요?

분명 내 것이었는데도 지난날 내가 쓴 글과 내가 한 말은
남의 것같이 생경해요. 누구의 언어인지도 중요하지만 언제의
언어인지도 중요하구나. 그런 생각을 했어요. 아무래도 과거보다는
지금의 내가 마음에 들어요. 쉽지 않은 일상 속에서 유일하게
위안이 되는 점이에요.

지금의 내가 된 건, 그래서 내가 나를 마음에 든다고 생각하게 된
건 역시 친구들 덕분이에요. 이곳에서 이렇게나 다정하고 멋진
사람들을 만나지 못했더라면 나는 내가 다른 사람이 될 수 있다는
생각조차 하지 못했을 거예요.

보영의 섬세함과 다정함에서 여전히 많은 걸 배워요. 그리고 자주
흉내 내려고 노력해요. 그렇게 하다 보면 나도 언젠가는 좀 더 나은
사람이 될 거 같아서. 따뜻한 시선과 상대의 불행함을 놓치지 않는
섬세함이 타인뿐만 아니라 꼭 보영 스스로에게도 향하기를 바라요.
물론 이건 나의 주제넘은 걱정이겠지만. 그래도 어떤 걱정은 굳이
남이 해주면 조금 따뜻해지기도 하니까.

나의 갈 길이 되어 주어서, 다정한 친구가 되어주어서 고마워요.

사랑해요.

돌아오는 새벽은 지금도

고요와 정체 모를 허기가 슬그머니 뒤섞이는 새벽에는, 딴 생각 말고 지나간 꽃 사진이나 보는 것이 몸과 마음에 이롭습니다. 그저 가만히 온몸으로 활짝 폈다 태어난 모습 그대로 조용히 지는 꽃들을 보며 저렇게 살고 싶다고 생각합니다. 나는 새벽은 답이 아니라고 말해놓고도 여전히 같은 시간이 되면 없을 답을 찾고 싶습니다. 돌아오는 새벽이고 뭐고 돌아버리는 건 늘 나였습니다. 놀라운 일은 아닙니다. 실은 내 이럴 줄 알았습니다. 사실 좀 지겹습니다.

이제는 일상이라 부를 때가 되었단 걸, 삶은 원래 이렇게 업앤다운 왔다 갔다 하는 일이라는 사실을 알고는 있습니다. 그게 맛소금 한 꼬집 같은 잔잔하고 확실한 위로가 됩니다. 빈자리는 확실하고 든 자리는 남몰래 든든해지는 그런 것 말이에요. 본래 볕은 하루 반나절은 뜸을 들였다가 나머지 반나절에서야 에헴 하고 저를 비춘다는 것을 떠올립니다. 내 인생도 뭐 별반 다르겠어? 하고 자문하고 나면 내려놓을 수 있습니다. 어떤 포기는 안정을 가져다주기도 합니다.

종종 세상이 내게 권하는 행복은 자랑할 만한 자극이나
변화처럼 보입니다. 자랑할 만하다는 말을 곰곰이 씹어봅니다.
자랑이라. 타인에게 선뜻 내보일 만한 무언가가 내게 있던가요.
잔뜩 들떴다가도 언제 그랬냐는 듯 금세 축 가라앉아 '이게
뭐라고'를 되뇌며 내 품 안에 가둬놓는 것으로 나는 마음을 다
씁니다.

'그냥' 살고 싶습니다. 왜 사는지 어떻게 살아야 할지
삶의 이유는 뭔지 이런 고민을 멈춘 채 그냥요. 흘러가듯.
이따금 살기보다 살아지는 느낌이 들더라도 그냥 무던하게
넘기는 사람이 되고 싶어요. 나의 이토록 소박한 장래 희망은
그러나 한순간도 내게는 가벼웠던 적이 없습니다. 대체로 다른
사람의 미소나 재능 같은 것을 탐내면서 동시에 그들의 그늘을
지나치게 안타까워했습니다. 내가 당신이라면, 너라면... 으로
시작되는 문장은 아시다시피 아무 소용이 없고 무례함이나
대상화만 남긴 채 사라집니다. 업앤다운 속에서 내가 잡고 싶은
것은 그 중간의 어딘가에 있는 선이었는데요. 잡은 듯하다가도
놓쳐버리고 나는 매번 번지점프를 하는 기분으로 살고
있습니다.

불안을 잠그고 실없는 농담이나 콸콸 틀어놓아도,
나는 알지요. 내 보일러는 고장 났다는 것을요. 아무리
온도를 맞춰놔도 언제 어떻게 어디서 멋대로 돌아가거나
멈출지를 모릅니다. 내 수도꼭지는 아주 제멋대로고 노심초사
지켜보느라 매일 진이 빠집니다. 새어 나온 불안은 새어

나와서야 아차 싶습니다. 정말 치사한 일이지만 어쩌겠어요. 대개 그놈의 '아차'는 입 안에선 쓰고 코끝에선 맵습니다. 파란 감에 와사비 묻혀 먹다 사례가 들린 기분으로 머리끝까지 새파랗게 질려버립니다. 아휴 떫어. 뭐가 이래.

그래도 괜찮을 겁니다. 이것도 지나갈 테니까요. 그저 조금 켁켁 거리다 보면, 물 한 잔 마시다 보면, 이불 속에 잠겨 꿈으로 가는 나도 어떤 날엔 거기 있겠지요 뭘.

주기적 대환장, 생리의 역사

삶의 반 정도만 또렷한 제정신일 수 있는 생물학적 근거가
마련되어 있다는 건 정말 열받는 일이다. 나머지 반마저
스스로에게 오롯이 다 쓰지 못하는 세상에서 사는 건 또 얼마나
귀찮고 같잖은 일인지. 여성으로 사는 건 정말로 쉽지 않은
일이다... 정말로.

　　　생리 대신 정혈이라는 표현이 장려되고 있음을 안다.
하지만 정혈 죽여버려 보다는 생리 죽여버려가, 뭐랄까, 훨씬
더 죄책감이 적고 잘 어울린다. 정혈 같은 정제되어 차분한
인상을 주는 단어를 죽여버리겠다고 말하면 내 분노가 너무
터무니없이 느껴지니까. 일단 생리라고 말하기로 한다. 생리
죽여버려... 닥쳐... 꺼져... 으으...

　　　아직도 긴가민가하다. 갑자기 아래가 촉촉하고 아랫배가
묵직해지는 것 같으면 일단 앱을 확인한다. 일주일 정도
남았다고 하면 그때부터 일주일 내내 긴장 상태인 것이다.
시작인가? 하고 화장실로 호다닥 가서 확인하면 말짱하다.

깨끗한 팬티가 어쩌라고 하는 표정으로(당연히 실제 내 팬티에 얼굴 같은 건 없다) 나를 쳐다보길 수십 번이다.

이제 좀 익숙해질 때도 됐는데. 거의 20년 가까이 한 달에 한 번 아래로 피를 쏟아내고 있으니 언제 시작할 건지, 언제쯤 신경을 꺼도 될지 정도는 이제 재깍재깍 알 수 있어야 하지 않냐는 말이다. 전문가가 되려면 해당 분야에 5만 시간 이상을 투자해야 한다는데 한 달에 24시간씩 7일 잡고 20년 치를 계산해보니... 아... 아직 40,320시간밖에 안 됐구나... 아니 근데 저는 애초에 전문가가 되고 싶지가 않다고요. 시작 예정일만이라도 알고 싶다고요 세상아 제기랄.

그러다 화장실에 갈 이유는 딱히 없지만, 손이나 씻을 겸 다녀와야지 하고 팬티를 내리면 까꿍 나 또 왔정 하고 핏자국이 나를 반긴다. 핏자국을 보는 순간 갑자기 아랫배에 누가 추를 달아놓고 매달린 듯 고통이 찾아온다. 마치 마일리 사이러스가 내 자궁에 매달려 〈Wrecking ball〉을 부르며 슈퍼볼 하프타임쇼를 하는 것만 같아...

초경의 순간이 아직도 생생하다. 초등학교 6학년 겨울이었던 것 같다. 여자애들 사이에선 누가누가 브래지어하고 다닌대 다음으로 누가누가 생리한대 하는 이야기가 암암리에 화제였다. 대체 왜 암암리여야 했는지 모르지만, 아무튼 공기 90 소리 10으로 숨처럼 이야기하고 다녔다. 생리 생리 말만 들었지 정확히 뭔지는 아무도 안 가르쳐주고 그냥 피가 나오는 거라고만 했다. 그러면 오줌처럼 참으면 되잖아! 하고 친구들과 깔깔 웃던 내가 하굣길 화장실에 가서 얼어버린 건 얼마 후의 일이었다.

자꾸 배가 묘하게 아파서 그날 내내 화장실을 들락날락했다. 알다시피 그때나 지금이나 초등학교 화장실에서 누군가 똥을 싼다는 건 그게 교장 선생님이든 학생이든 누가 됐든 창피한 화제였다. 그걸 감수할 만큼 기분 나쁜 복통이었다. 친구들이 왜 자꾸 화장실에 가냐고 놀렸지만 계속 확인해야 했다. 학교를 나서기 전 마지막으로 확인해야겠다고 다짐한 채 들어간 화장실 칸에서 나는 얼어버렸다.

나는 내가 똥을 지린 줄 알았다.

누구 한 명은 미리 말해줬어야 한다. 말라붙은 똥자국이 아니라 피가 묻은 거라고. 피가 시간이 지나 갈색으로 변한 거라고. 변기에 앉아 멍하니 똥자국 같은 핏자국을 보는 동안 화장실 옆 칸에선 대충 물에 빨아 널어둔 대걸레에서 썩은 내가 나고 있었고 복도에서 아이들이 와아 소리 지르며 뛰어다니는 소리가 메아리쳤다. 나는 내 팬티를 보면서 어떡하지 하고 패닉에 빠졌다. 똥냄새가 안 나는데 아무리 봐도 똥 같았다. 상상 가능한 다른 분비물이 없었다. 언제 지렸지? 아까 점심시간에 운동장 달리기하다가 웃을 때였나? 재채기해서? 혹시 애들이 냄새를 맡았을까? 나는 얼른 팬티에 휴지를 깔고 책가방도 내버려 두고 집으로 튀었다. 애들이랑 마주치기 전에.

집에 오자마자 바로 화장실로 들어가 변기에 앉았다. 그리고 한참 동안 팬티와 똥자국으로 추정되는 것을 바라봤다. 아직도 기억난다. 하얀색 레이스 팬티에 그려져 있던 눈 똥그란 파란 캐릭터들. 앞에 달린 리본을 쥐어뜯으며 진땀을 흘렸다.

아무리 맡아보고 쳐다봐도 똥이 아닌데 그럼 뭐란 말이야. 똥이어도 아니어도 엄마한테 혼날 것 같았다. 나이가 몇 살인데 이러고 다니냐고. 혹시 나 죽을병에 걸렸나? 적절한 타이밍에 제대로 된 성교육을 받지 못한 6학년이 하기에는 꽤 적절한 상상이었다. 팬티를 벗어 왼손에 들고 조심스레 화장실 문을 열었다. 엄마를 불렀다. 그리고 울었다.

엄마 나 이상해요 엉엉 엉엉엉

그날에 대해 생각나는 건 그것 말고도 많다. 엄마는 그게 생리라고 말했고 여자가 된 걸 축하한다고 했다. 아빠에게 전화해서 꽃다발과 케이크를 사 오라고 했다. 나는 늘 여자였고 내가 여자라고 생각했는데 팬티에 피 좀 지렸다고 이제야 여자가 된 걸 축하하는 게 이상하다고 생각했고, 내 생일에도 축하한단 말 한마디 안 하는 아빠가 이 타이밍에 꽃다발과 케이크를 사 오는 건 더 이상하다고 생각했다. 그렇지만 꽃다발과 케이크를 받는 건 좋을 것 같았기 때문에 그걸 기다렸고 아빠는 아무것도 사 오지 않았다. 조금 실망했던 것도 같다. 하나부터 열까지 다 이상한 날이었다.

그로부터 20년이 지난 지금이라고 뭐가 다르지 않다. 방금 전에도 나는 내 팬티를 보면서 한숨을 쉬었다. 이런 샹, 아직도 어디엔가 피가 샌다.

패드에서 탐폰으로, 탐폰에서 생리컵으로 이 끈질기고 정기적인, 내가 원한 적 없는 출혈에 무기를 바꿔가며 대항해왔다. 패드에서 탐폰으로 처음 갈아탔을 때 친구들에게 적극 추천하며 다 함께 아마존에서 '플레이텍스 탐폰' 공구하기

운동을 펼쳤지만 별 소득이 없었던 게 떠오른다. 탐폰에 대한 무수한 오해와 프로파간다는 이데올로기에 가깝다. 하지만 그 말도 안 되는 루머에 비해 탐폰이 주는 이점은 전과 비교할 수 없을 정도다. 웃다가 굴을 낳지 않아도 되고 그걸 엉덩이 사이로 완전히 느낄 필요도 없다. 웃길 때 웃을 수만 있는 일에도 감사하게 된 게 생리가 내게 남긴 감사할 수 있는 능력이라면 능력이겠다.

　　　탐폰에 이어 두어 개의 생리컵에 정착했다. 생리컵 사용 4년 차. 아직도 완벽한 실링에 대한 감을 잡지 못했다. 분명히 진공의 느낌이 왔는데 아침에 일어나면 생리컵 바깥에 간밤의 흔적이 자욱할 때가 있다. 젠장. 언제까지 모험과 탐구를 해야 하는 걸까. 가랑이 사이로 마일리 사이러스가 여전히 공연 중인 가운데 나는 다시 생리컵을 끼워 넣고 손빨래를 한다. 발 빼고 다 씻는다는 발샴푸로 혈흔을 지우면서. 손빨래할 때마다 아이고 장하네 하면서 누가 커피라도 한 잔 사주면 이렇게 기분이 좆같진 않을 텐데 라고 생각하면서. 아이를 원한 적은 단 한 번도 없지만 감사하게도 이놈의 자궁은 따박따박 찾아와 재건축을 하고 퇴거 딱지를 붙이고 철거를 한다. 굉장히 착실하게. 이렇게 성실할 수가. 난 뭘 그렇게 오랫동안 꾸준히 성실하고 규칙적으로 해 본 적이 없는 인간인데 어째서인지 내 자궁만은... 아, 자궁에 몰빵당한 나의 성실함이여.

　　　집에는 '이지엔식스 이브' 30정짜리 세 통을 항상 구비해두고 하루 세네 번 두 알씩 깨어있는 동안 꼬박꼬박 '생리 시작했다 생리 끝났다' 노래를 부르며 진통제를 먹는다.

진통제를 먹어도 마일리는 늘 나와 함께다. 마일리 정도면 땡큐다. 어떤 때엔 자궁 안에서 UFC 챔피언 타이틀 방어전이 열린다. 나의 적은 오로지 나뿐이다 뭐 이런 감성으로다가, 때리는 것도 맞는 것도 나다. 갑자기 아래가 뒤틀리는 듯한 느낌이 들면서 사람들 환장하게 만드는 날엔 일정이고 할 일이고 나발이고 다 때려치울 수밖에 없다. 프로정신이고 뭐고 한여름 땡볕 아래 대로에서 쓰러져 본 적 없으면 말을 말자.

할 때만 괴로운가. 아니다. PMS가 심할 땐 두통, 소화불량, 메스꺼움, 몸살이 함께 온다. PMS 증상은 다들 알다시피(혹은 몰랐다면 놀랍게도) 임신 초기 증상과 거의 같다. 그러면 또, 절대 그럴 리는 없지만, 혹시나 하는 마음에, 조마조마해져서 스트레스를 받기 시작하는 것이다. 스트레스 때문에 며칠 더 미뤄지는 건 말해 뭐해. 비나이다, 비나이다, 제발 제 아랫배에 고통의 철거와 어떤 공연들이 펼쳐지게 해주시옵소서. 누구한테 비는 건지도 모를 기도를 올리면서 미역국을 한 솥 끓인다. 해조류에는 어혈을 풀어주고 노폐물 배출을 도와주는 성분이 있다나. 삼시세끼 먹다보면 신기하게도 금방 복통이 스믈스믈 올라온다. 그건 또 그거대로... 열받는다...

뭐 그렇다는 소리다.

그렇다고 해서 "열 달 동안 쉬게 해줄까?" 같은 쌉소리에 오케이 할 만큼 정신이 나가지는 않았고, 거기에다 생전 듣지도 보지도 못한 욕을 되돌려 줄 정신 정도는 남아있다. 어디선가 재미있는 유머랍시고 듣고 와서 저딴 소리를 하는 선배와,

그 앞에서 아무 말도 못 하고 시뻘건 얼굴로 자리를 끝까지 지키다가 집에 돌아와서야 다음에 또 저런 소리를 들으면 뭐라고 말할지 대본 같은 것을 미리 써 둔 과거의 나 덕분이다. 그런 이들에겐 "우선 저는 당신과 어떤 육체적 결합을 가질 만큼 당신에게 매력을 느끼고 있지 않으며, 일단 그런 유머를 구사한 순간부터 최소한의 인간관계조차 형성하기를 거부하는 바입니다. 게다가 임신과 출산 그리고 육아로 이어지는 쓰리 콤보는 첫째, 내 몸이 감당하기에는 너무 벅찬 일이며 둘째, 자녀 양육에 있어 나의 가치관과 지향점이 아직 확고하지 않아 불안정한 상태이며 셋째…" 같은 식의 정갈하고 적확한 표현은 전혀 먹히질 않는다. 깔끔하고 간결하게 쌍욕을 두어 바가지 부어줘야 한다.

한 달에 한 번이라고들 말하지만, 정확히는 인생의 절반 정도를 전투 상태로 사는 여성들이 분명 여기 있다는 이야기를 하고 싶었고, 그중 한 명인 나의 이야기를 써보고 싶었다. 글을 쓰는 지금은 허리와 아랫배 위로 투포환과 경륜 대회가 열리고 있고 여전히 마일리 사이러스가 공연 중이다(와장창).

서울과 커피

소도시 구석에서 중학생 시절을 보내고 기숙학교에서 3년을 보낸 뒤 서울에 처음 도착했을 때, 나를 가장 놀라게 한 건 높은 건물이나 많은 차, 그보다 더 많은 사람 같은 것들은 아니었습니다. 미디어가 늘 호들갑 떨며 서울의 혼잡함과 각박함을 전 국민에게 전달해 온 덕분에 평생 머릿속으로 그 혼돈을 연습해 볼 수 있었으니까요. 지하철에서 누군가 내 작은 지갑을 훔칠까 봐 내심 꽉 쥐고 있었던 기억도 납니다.

　한 줌짜리 짐을 풀고 난 뒤 어깨를 잔뜩 움츠린 채 내가 다닐 대학 주변을 돌아보았습니다. 그리고 생각했습니다. 뭔 놈의 카페가... 이렇게... 많아...?

　2009년 2월의 나는 커피가 뭔지는 알았지만, 카페의 문화, 즉 그곳에 공기처럼 존재하는 행동의 순서나 패턴 같은 것들은 전혀 몰랐습니다. 무슨 이야기냐면요, 카페에서 커피만 마시는 게 아니라 공부도 하고 작업도 하고 회의를 할 수 있다는 걸 처음 알았습니다. 특히 대학가의 카페는

복합문화사교및회의학업작업공간이기 마련이고 지금은
모두에게 너무 공공연한 사실이지요. 그렇지만 그때 저에게
그건 신세계였어요. 카페가 커피를 파는 곳일 뿐만은
아니라니...? 이게 무슨 소리야?

　　"자바칩 프라푸치노 두유로 바꿔주시고 칩은 반은
갈고 반은 올려주세요 초콜릿 드리즐은 반만 올려주시고요
시럽은 라이트로 바꿔주세요 아, 샷도 하나 추가해주시는데
1/2 디카페인으로 부탁드려요"라고 유려하게 말할 줄은 당연히
몰랐습니다. 주문하기 전에 자리를 먼저 잡아두는 편이 낫다는
것도요. 시간이 걸리는 과제를 할 거라면 콘센트 근처로 가야
한다는 것도, 시험 기간이면 콘센트가 있는 테이블 자리를 두고
치열한 눈치 싸움이 일어난다는 것도 경험하기 전이었습니다.
아메리카노를 주문했다면 진동벨을 받은 뒤 그냥 바에서
기다리는 편이 낫고, 아이스 블렌디드 어쩌고를 시켰을 땐
일행 중 한 명이 먼저 올라가 자리를 잡고 한 명은 카운터에서
기다리는 게 시간 절약이라는 것도 알기 전이었습니다. 카페
하나가 3층 건물 하나를 다 쓸 수 있다는 사실도, 그 카페의
3층은 전체가 흡연석일 수 있다는 것도 그저 신기했습니다.

　　대학 동기들과 함께 처음으로 정문 앞 커피빈에 갔던
날이 생생합니다. 커피빈에 들어서면서 했던 생각은 '오, 나
이거 대구 시내에서 본 적 있는데!'였습니다. 본 적은 있었던
거죠. 그 안에 앉아 통창 밖을 멍하니 보는 모든 사람들이
너무나 어른 같았는데 세상에, 내가 거기 와 있는 겁니다.
커피 종류가 뭐가 그렇게 많은지 눈이 핑핑 돌고 무슨 말인지

하나도 모르겠더라고요. 학교 도서관 컴퓨터로 검색이라도 좀
해보고 올걸 하고 오천 번 후회했습니다(놀랍게도 아직 스마트폰이
보편화되기 1년 전의 이야기입니다).

마지막 한 줌의 희망을 품고 옆에 나란히 선 동기들의
얼굴을 봤는데. 아... 쟤들 얼굴이 내 얼굴이겠구나 하는 생각과
동시에 믿을 사람 하나도 없겠네 싶더라고요. 공교롭게도 우리
넷 다 지방에서 서울로 유학 온 사람들이었습니다. 믿을 사람
하나 없는 커피빈 카운터 앞은 정말 황량하고 암담했습니다.
잔잔한 재즈 음악과 쾌적한 온도를 배경으로 바리스타가
등장했습니다. 친절한 바리스타님은 우릴 보고 싱긋 웃으며
"메뉴 고르시면 말씀해주세요" 하셨지만, 친절이 무색하게도
우리는 고르는 법조차 모르는 풋내기들이었습니다. 넷 중
하나가 정신을 차린 뒤 어디서 들어본 적은 있는 따뜻한 캐러멜
마키아토 한 잔과 바닐라 라테, 아이스 아메리카노를 한 잔씩
시켰습니다. "세 잔만 시켜도 괜찮나요?" 하고 바리스타님에게
묻자 "그럼요 고객님" 하고 매우 친절한 대답이 지극히
프로의 자세로 전해집니다. 진동벨을 받고 바 근처에서 오오
하며 들떠서 오매불망 바리스타 선생님들을 바라보았습니다.
바리스타 선생님들이 우리를 보고 웃었던 것도 같은데
확실하진 않습니다. 까만 쟁반 위에 커피 세 잔이 올라왔고,
우리는 무거운 쟁반을 들고 조심조심 계단을 올라 2층으로
갔습니다. 아늑한 구석 자리가 비어있길래 그곳에 자리를
잡고 우리끼리 낄낄거렸습니다. 야, 서울 사람 다 된 거 같다
그치!?(아니었습니다만)

넷이서 달달한 커피 두 잔을 번갈아 가며 홀짝댔습니다. 아메리카노는 거의 그대로 남았습니다. 주변을 보니 다들 아이스 아메리카노를 마시는 눈치던데 다들 되게 어른 같고 이상했습니다. 암만 봐도 잿물에다 물 좀 탄 거에다가 얼음을 가득 담아서는 그게 다 녹을 때까지 쏩쏩 마신다고..? 바쁠 때 막 두세 잔씩 마시고 밤을 새우기도 하고 그런단 말이야? 이상했지만 언젠가 꼭 남들처럼 이걸 물 마시듯 마시고 싶다는 생각을 했습니다. 스무 살의 나는 남들 하는 멋져 보이는 걸 다 따라 하고 싶었으니까요. 희망 사항과는 별개로 그날은 바닐라 라테가 가장 맛있었습니다. 달콤하고 부드러운 게 어렸을 때부터 엄마 옆에서 조금씩 얻어먹었던 믹스커피랑 비슷한데 훨씬 고급스러운 맛이었습니다. 그리고 그날 밤 깨달았습니다. 나는 카페인에 진짜 약한 인간이구나. 침대에 누워 꼴딱 밤을 새웠습니다. 이게 바로 카페인이구나. 호되게 당한 뒤 아침 수업을 비몽사몽간에 치르고 나니 동기들이 말합니다. "야, 다음 수업까지 우리 시간 있으니까 커피빈 가자!"

　　그래서 또 갔습니다. 이번에는 뭔지도 잘 알 수 없는 아이스 얼티밋 어쩌고 블렌디드를 시켰습니다. 학생 식당 점심이 2,500원인데 그 어쩌고 블렌디드는 7,000원 좀 안 됐습니다. 이 돈을 이렇게 써도 되는 건가 싶었는네 받아보니 그럴 만하다 싶었습니다. 묵직한 게 뭐가 많이 들었고 초콜릿 맛도 나고 캐러멜 향도 나는 거 같고 이상하게 체리향도 납니다. 근데 그게 싫지는 않았습니다. 얼음은 정말 적당히 갈려서 아삭아삭 씹히는데 부드럽게 혀 위에서 녹아나고...

옆에 있던 동기 하나가 말합니다. "야, 스타벅스 어쩌고저쩌고 블렌디드가 더 맛있어. 먹어봤어?" 나는 말합니다. "그게 뭔데?"

4월쯤 되자 단골 카페가 생겼습니다. 학교 후문에 있는 그 카페 이름은 '카페 후문'이었습니다. 단골 카페가 생기다니! 진짜 대학생이 된 것 같았습니다(그게 뭔지는 아직도 모릅니다). 가게를 열고 싶으면 열고 닫고 싶으면 닫는 사장님이 멋있었습니다. 나도 저렇게 살고 싶다고 생각했던 스무 살이었고요. 무엇보다도 커피가 유달리 맛있었습니다. 같은 캐러멜 마키아토도 사장님이 만들어주면 더 따뜻하고 포근했습니다. 거기에서 반나절을 앉아서 수다도 떨고 과제도 하다가 연애도 하고 별걸 다 했습니다. 새로운 메뉴에 도전해볼 생각은 못 하고 습관처럼 캐러멜 마키아토랑 바닐라 라테만 먹었는데, 갈수록 너무 달고 느끼했습니다. 친구에게 말했더니 자기가 시킨 아이스 아메리카노를 조금만 마셔보라고 했습니다. 나 그거 너무 쓰고 무슨 맛인지 모르겠던데... 그랬더니 친구가 웃으면서 지금 마셔보면 또 다를 거라고 자신만만했습니다. 그때는 상대가 자신만만하면 쉽게 반해서 무슨 말에든 넘어가는 편이었습니다. 그래서 딱 한 입만 먹어볼게... 하고 호록 마셔봤습니다.

다음날부터 나는 아메리카노만 마시는 사람이 되었습니다. 아, 왠지 조금 어른이 된 것 같기도 했고(아니고요) 서울 사람들 속에 녹아든 것 같기도 했습니다(더 아니고요).

뭘 먹고 난 뒤여도 입안을 정리해주는 기분이 들었습니다. 엉망진창인 내 방에 아메리카노를 끼얹으면 왠지 정갈하게 정리가 될 것도 같았습니다(아니라고요 선생님). 점심 먹고 난 뒤에도, 저녁 먹고 난 뒤에도, 간식을 먹으면서도 하여간 어디를 가면 메뉴판도 안 보고 아메리카노 주세요 하고 말하는 내가 좀 마음에 들었습니다. 왠지 '진짜' 커피를 마실 줄 아는 사람이 된 기분도 들었습니다. 그런 기분을 좋아하는 내가 유치하다고 생각하면서도 멈출 수 없었습니다.

여전히 카페인에 취약하지만 그때보다 훨씬 더, 커피를 좋아합니다. 그 사이 나는 30대가 되었고 이런저런 커피는 웬만큼 마셔볼 수 있었습니다. 복잡한 주문을 무리 없이 할 수 있게 되고 나니 마시는 메뉴는 다섯 손가락만으로도 다 꼽을 수 있게 됐습니다. 아메리카노를 왜 먹냐던 스무 살의 나는 에스프레소 콘파냐를 가장 좋아하는 30대가 되었고, 그러나 여전히 어른은 되지 못했습니다. 스무 살의 나에게 이런 말을 하면 어떤 표정을 지을까요. 너는 아메리카노를 물처럼 마시던 20대를 보낸 뒤 30대부턴 에스프레소를 들이붓다가 위염을 달고 살게 된단다. 그리고 불면과 불안에 시달리면서도 커피는 끊지 못해서 디카페인 커피를 하루에 세 잔이나 마시는 탓에 결국 아무것도 나아지지 않는 위장에게 사과만 거듭하고 있다고 말한다면요. 서른 살 넘고도 그거 하나 맘대로 못하냐는 말을 하지 않을까요. 하지만 별로 듣고 싶진 않네요. 그건 지금의 나도 충분히 하고 있는 말이기도 하니까요.

스무 살의 내가 좋아했던 것이 커피인지 카페였는지

분명하지 않습니다. 지금도 그러니까요. 어떤 날엔 정말 향
좋은 커피만이 필요했다가 어떤 때엔 오롯이 홀로 생각에 잠길
수 있는 카페라는 공간이 필요할 때가 있습니다. 그때 내가
푹 빠졌던 것이 지금 내가 필요로 하는 것과는 꽤 달랐다는
것만은 분명합니다. 그때 내게 카페라는 장소는 어쩌면
서울이라는 대도시 문화의 축소판이었는지도 모르겠습니다.
이전에 내가 겪지 못했던 새로운 문화, 그러나 그곳에서는 이미
일상인 문화, 앞서가는 것만으로는 부족해서 또 새로운 것을
계속해서 만들어내는 흐름은 존재만으로도 나를 살짝 밀어내는
기분이었고 나는 거기에 계속 끼고 싶었습니다. 그러니 일단
카페에서부터 시작하려고 했는지도 모르겠습니다. 익숙하게
찾아가 능숙하게 입장하고, 공간을 향유하는 나를 연기하고
싶었는지도 모릅니다. 그러다 보면 언젠가 내 것이 되려나,
해서요.

　　서울에 녹아들려고 애썼습니다. 말 한마디 할 때마다
어떤 억양과 톤으로 말해야 이방인처럼 보이지 않을지,
지방에서 온 사람이라고 해서 무시당하지는 않을지, 택시를
타면 일부러 돌아가지는 않을지, 똑같은 실수를 해도 '지방에서
와서 모르나 보다' 같은 배려 같은데 배려 아닌 말을 듣지는
않을지, 사투리로 '오빠야'를 말해보라는 소리를 더는 안 들을
수 있을지 하루종일 곤두선 채로 살던 때였습니다. 속한 곳에서
외부인 취급을 받는 일이 더 익숙했으니까요.

　　살아본 적 없는 세상에 나를 끼워 맞추려고 한마디
한걸음마다 나를 의식하면서 애쓰던 시간은 모래알 같은

이질감을 일상에 뿌려놓았습니다. 나는 그 이질감을 고작
카페와 커피에 익숙해지는 것 정도로 희석시키고 싶었던
모양입니다. 새마을호로 겨우 세 시간 반 만에 도착하는
서울이지만 그 사이엔 아주 다양한 차이가 큰 간극을
그리며 존재합니다. 모든 게 새롭다는 건 결국 모든 게
어색할 수 있다는 뜻이라는 걸 온몸으로 맞이하고 깨달은
스무 살이었습니다. 내가 가장 먼저 마음에 쏙 들게 해낸
것은 카페 문화에 익숙해진 것이었고 꽤 뿌듯했습니다.
그럴 필요 없었지만, 서울의 무엇이 되고 싶었던 스무 살의
나였습니다. 결국 나는 서울의 그 무엇도 될 수 없었지만,
그래도 괜찮습니다. 적어도 커피 한 잔만큼은 오늘의 내게까지
남아있습니다.

여전히 도망은 가깝고

한쪽에선 노홍철이 여름 여름 아아 여름이다 하고 신나게 소리
지르고 한쪽에선 정형돈이 여름 너무 더워 에어컨을 틀어 하고
절망의 소리를 지르던 여름이 있었다. 어쨌건 여름엔 다들 반
정도 미치는 게 틀림없다고 생각했다. 나 역시 노홍철이거나
정형돈인 채로 여름을 보내곤 했다. 살짝 미치기 좋은 날씨를
핑계로 한 발 더 미쳐볼 수도 있었겠지만 그럴 용기까진
없었다.

　　　가벼워진 옷차림 아래 드러내는 살결의 면적을 넓혀가는
동안, 계절과 살결이 맞닿는 시간도 점차 길어진다. 나뭇잎
사이로 빛은 치열하게 제 자리를 찾으려 애쓰고, 나는 손
그늘도 잊은 채 가만히 그걸 본다. 찌푸린 미간 사이로 땀이
흘러도 닦기보다는 흐르게 두면서.

*

그냥 그대로 두는 것은 어째서 이렇게 어려운지

내가 나여도 괜찮다는 말은 여전히 나오는 먼 이야기
같다 얄팍하고 가벼운 먼지 같은 마음을 쓱쓱 쓸어서 실없는
농담 뒤로 숨겨놔도 누군가의 진심에 훅 다시 날아가고
들켜버리는 날이 잦다 들켜버린 나조차 그대로 두지 못하는
날의 밤에도 나는 땀을 흘린다 얇은 이불을 온몸에 감고 꽁꽁
싸맨 채

깨지는 분수와 뭉치는 작은 무지갯빛 아래 웃음이
잔잔할 때 나는 선뜻 들어서지 못하고 멀찍이 서서 바라본다
웃고 싶었다가 웃을 수 있을 것만 같았다가 결국 털썩 앉아
바라만 본다 손 그늘도 잊은 채 땀을 흘리며

사랑하기도, 도망치기도 쉬운 계절
여전히 도망이 가깝고

더 이상 숨을 곳이 없다

'진짜' 산타

"쟤는 한 번 잠들면 호랑이가 물어가도 모를 거"라는 소리를 듣고 자란 일곱 살 어린이가 새벽 3시에 갑자기 눈을 떴을 땐 다 이유가 있는 법이다. 뭐지? 왜 이렇게 깜깜하지? 내가 왜 깼지? 팔을 위로 쭉 뻗어 기지개를 켜는데 손끝에서 바스락 소리와 함께 뭔가 딱딱한 게 느껴진다.

바스락

바스락...!? 헐레벌떡 일어나 머리맡의 상자 앞에 무릎을 꿇었다. 머리맡에서 바스락 상자를 발견한 날은, 크리스마스였다.

산타 할아버지가 정말 왔다 가는 건지, 정말로 왔다 가는 거라면 우리 집은 굴뚝이 없는데 어떻게 들어오는 건지, 혹시 내 방 창문을 통해서 선물만 넣어놓고 가는 건지 아니면 엄마 아빠랑 미리 이야기해서 현관 앞 화분 밑에 숨겨둔 열쇠로

문을 열고 잠깐 들어왔다 가는 건지, 몸집이 제법 크신 걸로 알고 있는데 우당탕탕 소리가 나면 어쩌려고 그러시는 건지 궁금한 게 너무 많았다. 그러다 분명, 눈만 감고 밤을 새워서 기다려보기로 했는데... 언제 시간이 이렇게 된 거지? 그리고 왜 벌써 왔다 가신 거지? 어떻게?

상자 모서리를 매만지다가 침대 아래 바닥에서 자는 동생의 머리맡을 보니 거기에도 상자가 있었다! 세상에! 쟤는 맨날 울고 보채고 내 새콤달콤이랑 포카칩 다 뺏어 먹었는데 왜?(서른 넘은 지금도 이 둘을 가장 좋아한다는 TMI) 내 것 다 뺏어 먹고 마지막 한 개 안 준다고 울고 그랬는데? 아니, 할아버지도 정말 이상하네, 울면 안 된다고 그럴 땐 언제고 그냥 다 주나 봐! 어린이를 너무 사랑해서 그런 거야? 그럼 왜 조건을 달았대? 그래도 왜 누나만 선물 줬냐고 더 울진 않겠네. 그건 다행이지만... 어른들은 하여튼 되게 말을 막 바꾼다니까. 마지막이 다 되면 말을 바꿔. 없던 척해. 치사하게. 아무튼 쟤도 알 건 알아야지. 방 불을 켜고 동생을 흔들어 깨웠다.

"일어나! 산타 할아버지 왔다 갔어! 너도 선물 있어! 나도 있어! 이거 봐! 어...? 편지도 있다! 편지도 쓰고 갔어 할아버지가! 한국말 할 줄 아나 봐! 일어나봐 내가 읽어줄게!"

이 누나의 깊은 마음도 모르고 파란 내복 바람의 동생은 "누나 시끄러워 불 좀 꺼..." 하고 이불을 뒤집어썼다. 쪼끄만한 게 정말. 아니 어떻게 산타 할아버지가 왔다 갔는데 잠이 안

깰 수가 있지? 아직 어려서 잘 모르나 봐, 쟤는. 아까 못 읽은 편지나 읽어야지. 상자 위 포장지 위에 볼펜으로 할아버지가 쓰고 간 편지를 읽었다.

서하에게.

올 한 해 엄마 아빠 말을 잘 듣고

동생을 잘 보살핀 서하가 기특해서

산타 할아버지가 선물을 준비했단다.

앞으로도 엄마 아빠 말 잘 듣는

첫째 딸이 되길 바란다.

– 산타 할아버지가 –

음 근데 할아버지 글씨가 우리 아빠 글씨랑 되게 똑같네? 뭐지? 이상해! 외국 사람인데 한글 엄청 잘 써! 기특하다는 말은 어른들이 쓰는 말인데 외국 사람이 어떻게 알았지? 진짜 신기하다! 나는 바로 안방으로 달려갔다.

- 엄마! 엄마! 산타 할아버지 왔다 갔어요!
  근데 편지도 썼어요!!
- 으응... 서하야... 새벽 아니니? 그냥 자...
  왔다 간 거 엄마도 알아... 내일 보자.
- 왔다 간 거 안다고요? 언제요? 어떻게요?
  엄마가 문 열어 줬어요? 왜 나 안 깨웠어요?

- 그... 엄마가 문 열어준 거 아니야.

   그냥 왔다 갔어...

 - 도둑이면 어떡하려고요? 안 헷갈렸어요?

   근데 엄마, 산타 할아버지 글씨가

   아빠랑 완전 똑같아요!

 - 내일 이야기하자 서하야...

 - 진짜 완전 똑같은데요?

   원래 남자 어른들 글씨는 다 똑같아요?

 - 서하야......

　　엄마가 화를 내기 직전인 거 같아서 일단 다시 방으로 들어왔다. 아무리 봐도 이건 아빠 글씬데. 남자 어른들 글씨가 원래 다 똑같던가? 아닌데, 작은삼촌은 글씨 진짜 못 쓰던데. 아니 그래도 아빠가 산타 할아버지인 건 말이 안 되잖아? 대답 없는 편지만 계속 째려보다가 머리맡에 상자를 다시 두고, 불을 끄고, 누웠다. 머릿속이 복잡했다. 아빠가... 설마... 산타 할아버지인 척을 해? 엄마가... 그걸... 다... 알아? 설마! 아니야, 그럴 리가 없어. 엄마 아빠가 우리한테 거짓말을 할 리가 없어. 우리한텐 맨날 거짓말하지 말라고 하잖아! 그러면 내가 안 착한 어린이여서 산타 할아버지가 우리 집에 안 오는데 내가 슬플까 봐 엄마 아빠가 거짓말을 한 건가? 아니다. 나 때문이 아닌가 보다. 내 동생이다! 내 동생은 맨날 울고 떼쓰고 내 것 뺏어서 할아버지가 못 온다고 했나 보다. 아니 근데 그냥 애기니까 그런 건데. 애기는 다 그런 거라고 엄마가 그랬는데. 뭐야, 그럼

도대체? 왜? 뭐지?

생애 처음으로 강렬한 의혹과 해명 받고 싶은 욕구를 느끼며 잠든 일곱 살 어린이는 다음 날 아침 눈 뜨자마자 아침 식사상에 상자를 들고 엄마 아빠에게 따졌다.

　- 이거 봐요, 글씨체가 아빠랑 똑같아요!
　　아빠! 이거 봐봐요! 아빠도 이렇게
　　글씨 비스듬하게 슥~ 슥~ 쓰잖아요!
　- … (말없이 국물만 떠먹는 아빠)
　- 아빠? 아빠??
　- … (엄마와 눈빛을 주고받고 살짝 웃으면서
　　　자꾸 고개를 돌리는 아빠)

아빠가 웃자마자 나는 깨달아버렸다. 이 모든 게 거짓말이라는 걸! 문득 어제 유치원에서 민규가 했던 말이 떠올랐다. "야, 너네. 산타 할아버지가 엄마 아빠인 거 알아?" 반짝반짝 트리 앞에 앉아 선생님이 선물을 주는 걸 기다리는 동안, 민규는 새우깡을 빨아먹으면서 우리한테 그런 말을 했다. 우리 햇님반 어린이들은 전부 다 쟤가 또 이상한 소리를 한다고 생각했다. 민규는 형만 두 명이라면서 자기는 우리보다 훨씬 많은 걸 안다고 맨날 우리를 애기 같다고 했다. 똑같은 일곱 살이면서! 근데 지금 생각해보니까 정말 걔 말이 맞는 거였다. 적어도 우리 집에는 산타 할아버지가 안 온 거였다. 그냥 엄마 아빠였던 거다.

- 산타는 없구나... 엄마 아빠구나?

- 누나 이거 봐! 산타 할아버지가 어떻게 알았지?

  나 포크레인 갖고 싶은 거?

- 야 그거 산타가 준 거 아니야.

  엄마 아빠가 사 준 거야.

  이거 봐, 글씨 아빠 글씨잖아.

당황하는 엄마 아빠를 뒤통수로 느끼며 나는 동생에게
세상의 진실에 대해 알리기 시작했다.

- 산타 할아버지 외국 사는데

  여기까지 어떻게 오겠어?

  그리고 한국말 어떻게 이렇게 잘 해?

  이거 아빠가 쓴 거야! 글씨 완전 똑같아!

  너도 알지? 아빠 글씨?

- 어...? 진짜네?

- 봐봐 이거 아빠 글씨야!

  엄마랑 아빠니까 우리가 갖고 싶은 거 뭔지 알지!

- !? (동생이 엄마와 아빠를 쳐다본다)

- (엄마와 아빠가 당황하며 아무 말도 못 한다)

12월 26일 아침, 유치원에 도착하자마자 아이들에게
이 중대한 사실을 알려야 했다. 세상의 모든 어린이들이 속고 있어! 네가 받은 선물은 산타 할아버지가 루돌프와 함께 썰매에 싣고 와서 직접 머리맡에 두고 간 게 아니야. 그냥 엄마 아빠가 차 타고 문방구 가서 사 온 다음에 너한테 준 거야! 3단 변신 로봇도, 세일러문 요술봉도, 별로 갖고 싶지 않았던 위인전 전집도! 전부 다 엄마 아빠가 사준 거야! 왜냐면 산타 할아버지랑 우리 아빠 글씨체가 똑같더라니까?

일곱 살 어린이들은 "아, 어쩐지!" 하면서 미심쩍었던 점에 대해 털어놓았다. 어떤 애는 되게 충격받은 얼굴로 눈물이 그렁그렁하면서도 "야, 사실 나도 알고 있었어!"라고 소리 질렀다. 같이 등원하던 다섯 살 어린이들은 갑자기 울기 시작했다. 에휴, 애기들은 아직 뭘 모르나 보구나. 일단 선물 받았으니까 좀 울어도 상관없겠지. 우리는 돌아다니면서 애기들을 위로했다. 토닥토닥. 괜찮아. 토닥토닥. 그래도 선물은 받을 수 있어. 토닥토닥.

하나둘 모여 앉아 손가락을 턱 아래에 괴고 "이상하더라!" 하면서 지난주 엄마 아빠의 부산하고 이상했던 날들에 대해 돌이켜보기 시작했다. 동심을 파괴했다고 하기엔 우린 생각보다 많은 걸 알고 있었다. 집 앞에 슈퍼를 간다고 해놓고 한참 동안 안 들어오다가 커다란 장바구니를 품에 꼭 안고 들어 왔다는 수진이네 엄마, 8시에는 꼭 집에 오곤 했는데 어느 날은 10시가 다 돼서야 집에 들어와 놓고 나랑 엄마를 번갈아 보면서 의기양양했다던 민석이네 아빠, 아끼는 인형이 안 보여서 아빠 차에 있나 보겠다고 했더니 펄쩍 뛰면서 안 된다고 했던 유빈이네 엄마 아빠 등등.

- 근데 그러면 잘됐다!

- 뭐가? 산타 할아버지가 없는 게?

- 아니! 그러면 이제 막 편지 안 써도 되잖아.

  그냥 말하면 되잖아!

  엄마 아빠한테. 뭐 갖고 싶은지.

- 오? 진짜네?

- 오.

유통망의 실체와 직거래의 이점을 깨달아버린 어린이들은 반에 들어오는 모든 아이들을 하나씩 붙잡고 산타의 진정성에 대해 폭로하기 시작했다. 햇님반 선생님이 사태를 깨달았을 땐 이미 유치원의 모든 아이들이 진짜 산타는 없다는 말을 이미 들은 이후였다.

진실을 알렸다는 생각에 잠시 의기양양했던 일곱 살의 서하는 아마 몰랐을 거다. 크면서 그 누구보다 산타의 환상을 지켜주고 싶어 하는 어른으로 자랄 거라는 걸. '울면 안 돼' 노래는 곱씹을수록 더 별로여서 한 번 생각할 때마다 한 뼘씩 더 싫어하게 될 거라는 걸(한순간이라도 우는 순간 선물을 안 주겠다고 말하는 게 어른이 할 말은 아니지 싶다). 어떤 선물을 받았는지보다 그날 어른들과 세상이 나를 대할 때 어떤 마음과 얼굴이었는지만이 기억에 남을 거라는 걸. 그 기억이 뒤에 이어질 지난한 삶을 살 만한 것으로도 만들었다가 가끔 쓴웃음을 짓게도 할 거라는 걸. 너무나 생생한 나머지 연휴가

다가오면 어린이들 앞에서는 어쩐지... 평소보다 훨씬 더 말을 조심하게 된다는 걸.

이런 내가 될 수 있었던 건, 그 시절 우리의 발걸음을 같이 기다려준 어른들 덕분이었다. 나와 친구들을 조용히 구석으로 데리고 가서 다섯 살 어린이들이 우는 이유를 설명해주던 햇님반 선생님. 동생들에게 너희처럼 스스로 깨달을 시간을 2년 더 줘보자고 웃으면서 말해주던 그 분 말이다.

진짜가 뭔지 캐내는 것보다 소중한 무언가가 있다는 걸 나는 그 분에게서 처음 배웠다. 어린이는 이러저러하게 행동해야 해! 하고 내게 명령으로 꽂히던 수많은 지침들 속에 둘러싸여 살았지만, 정작 나를 움직인 건 우리 함께 동생들의 마음을 지켜주는 건 어때? 하고 물어주는 따스한 눈빛과 말투였다. 그 짧은 부탁과 배려는 25년이 지난 지금도 나를 좀 더 나은 인간으로 살고 싶게 하는 순간으로 남았다. 어떤 어른들은 나한테도 이렇게 친절할 수도 있겠다는 막연한 믿음을 심어주었다.

그러니, 어린이라는 이유만으로 환대받고 축하받고 사랑받는 순간이 지금보다 더 많아지면 좋겠다. 어린이의 발걸음을 같이 기다릴 줄 아는 어른들도 과거의 내가 겪었던 것보다 더 많아지면 좋겠다.

존재만으로 괜찮다고 말해주는, 이유 없는 사랑만큼 확실히 의지가 되는 게 또 있을까. 친절과 배려로 시작해서 결국 존중으로 끝나는 모든 것들은 결국 사랑. 사랑이 아니고선

설명 불가한 순간이 누군가의 성장과 함께 할 수 있으면
좋겠다. 내가 받았을 불특정 다정함처럼 말이다. 그리고 그
사랑을 행동으로 내보일 수 있는 사람이 되는 것이 앞으로도
계속 나의 장래 희망이기를 바란다. 그러면, 그제야, 나는
내 안에 남은 어린아이에게도 정말 잘해주는 게 될 테니까.
각자의 어린아이는 과거형이 아니라 꾸준한 현재진행형이라는
걸 기억하면서 나는 세상에게 딱 한 뼘씩 더 친절한 매일을
보내고 싶다. 그저 나를 잘 안아주고 다독이기 위해서. 한 번 더
커나가기 위해서. 정말로 어른이 되기 위해서.

희송에게

유머와 다정을 모두 놓치지 않고 꽉 채워 사는 희송이 좋아요.
말한 적 있던가요? 있었다면 다시 한번 전하고, 없었다면 이참에
전하려고 해요. 자신의 친절과 베풂을 대수롭지 않게 여기는 법을
나는 희송에게서 배웠어요. 배우고 나서 나는 내가 참 편안해졌다고
느껴요. 나를 편안하게 할 수 있는 방법을 가르쳐주어서 고마워요.
진작에 알았으면 더 좋았을 텐데! 그래도 아쉬움보다는 감사함이
더 크니까 얼마나 행운이게요.

희송을 만나 한 뼘 더 행복해졌고, 그 한 뼘을 조금씩 스트레칭하며
늘리는 법도 배울 수 있었어요. 나와 함께한 시간이 희송에게는
어땠을까. 물어보고 싶지만 부끄러우니까 이렇게 편지로 물어봐요.
어떤 대답이 오든 답장이 도착한다면 아주 쑥스럽고 긴장되는
마음으로 들여다보고는 싶어지네요. 염치없지만 앞으로의 갈
길에서도 함께 해주세요. 그렇다면 나는 충분히 해낼 수 있을 것
같아.

시답잖은 농담과 가끔 보이는 눈물 속에서 결국 우리가 모두
행복해지기를 바라요. 서로의 행복에 할 수 있는 최선을 다하는
우리가 참 멋져요. 여전히 '나'를 놓치지 않은 채 계속 '우리'이기도
했으면 좋겠어요.

사랑해요. 그리고 고마워요.

제주에서 히말라야까지

언젠가 제주를 혼자 여행한 적 있다. 제주에 가겠다고 했더니
엄마와 동생도 같이 가겠다고 하길래 그럼 나는 이틀 먼저
혼자 시간을 보내겠다고 하고 일정을 조금 당겼다. 엄마와
동생은 이상하다고 생각하면서도 나를 말리진 않았다. 나는
그걸 알면서도 모른 척했다. 혼자가 절실히 필요한 시절이었다.
아침 8시에 일어나 집안일과 엄마 간병을 마친 뒤 오후 1시부터
자정까지 일을 하고 돌아오는 때였으니까. 자는 시간을
제외하면 내가 나를 위해서 움직이는 시간은 없었다. 그러니,
제주만이라도. 여행만이라도. 잠시만이라도.

　　혼자 여행할 때 이곳저곳 바삐 다니는 타입은
아니었기에 준비도 그리 바쁘게 하진 않았다. 중요한 건 딱 두
가지. 버스 정류장이 가까운 조용한 숙소, 맛있는 커피를 파는
조용한 카페. 조용한 것은 대개 혼자와 잘 어울리고 나는 앞서
말했듯 혼자가 절실했다. 아무도 나의 들고 낢을 방해하지
않는 고요가 필요했다. 좀 청승을 떨어도, 울더라도, 혹은

유튜브를 보며 하루종일 누워있더라도 어떤 피드백이 도착하지 않는 시간과 공간이 필요했다. 딱 두 가지를 알아본 뒤 대구 공항으로 향했다. 그러고 보니 제주는 처음이었다.

공항에서 숙소까지 가는 동안 멋쟁이를 많이도 보았다. 달뜬 사람들은 내내 스마트폰을 보며 이야기를 나누고 나는 다시 이어폰을 꼈다. 숙소에 도착하자 친절한 호스트가 이것저것 설명을 해준다. 이미 홈페이지에서 토씨 하나 안 빼먹고 다 읽고 왔지만 사양할 용기가 없어 네... 네... 하하 그렇군요 하고 끝까지 듣는다. 그렇게 30분을 듣고 나면 진이 빠진다. 제주에 도착하자마자 나는 낮잠을 잤다.

숙소 근처에는 유명한 식당이 많았고 사람들은 줄을 서 있었다. 구경삼아 들렀는데 혹시 1인 손님 계시냐는 소리에 번쩍 손을 들었다. 줄을 헤치고 먼저 들어가 창가에 앉았다. 비양도가 보이는 창가 자리에 앉아 튀김우동을 시켰다. 주변을 보니 모두 냉우동과 돈가스를 먹는다. 아... 베스트 메뉴를 물어볼 걸 그랬나 하고 후회했다. 잠시 후 김이 모락모락 피어오르는 우동이 서빙됐다. 맛있었다. 튀김도 우동도. 그래도 만 오천 원은 좀 과하다고 생각하며 국물까지 싹 다 비웠다. 옆 테이블에 앉은 커플이 조심스럽게 물었다. "튀김우동 맛있나요?" 뭐라고 대답해야 할까 잠깐 고민하다가 말했다. "네, 괜찮아요." 괜찮다는 말은 애매할 때 꽤 다정하고 편리하다. 적절한 대답이었다고 생각한다.

이틀째엔 점찍어둔 카페에 갔다. 작고 허름한 구옥을 최소한으로 리모델링한 카페였다. 한적한 동네의 허름한 카페

한쪽에는 시집이 쌓여있었다. 가져간 책을 읽으며 따뜻한 커피를 마셨다. 블로그 후기에서 묘사한 것보다 훨씬 맛있는 커피였다. 그때 읽은 책이 뭐였더라. 그곳에서 커피를 마시며 읽었기에 절대 잊지 못할 거라고 생각했다. 단언은 얼마나 건방진 일인지 알면서도 여태 하고 있다. 잔을 다 비우자 "리필해드릴까요?" 하는 물음이 돌아온다. 갑작스러운 친절에 "아, 제가 하루에 한 잔밖에 커피를 못 마셔서요..."로 시작하는 구구절절 TMI를 주절대면서 생각했다. 뚝딱거리지 마. 마스터는 친절하게 웃으면서 "그러면 디카페인으로 한 잔 드려도 될까요?" 하고 묻는다. 뭐가 이렇게 친절하담. "네, 그럼 부탁드릴게요" 하고 나는 화장실로 간다. 친절에 당황하는 내가 부끄러워서 잠깐동안 도망칠까 고민했지만, 이곳의 커피라면 디카페인도 분명 맛있을 것 같아 손만 씻고 나와 다시 자리에 앉았다. 예약해 둔 저녁 일정 하나를 취소했다. 그러지 않았다면 크게 후회했을 만큼 맛있는 커피였다. 드물게, 모든 것이 베스트인 곳이었다.

제주에서 보내는 혼자의 마지막 밤. 근처 편의점에서 간식거리를 사서 들어오는데 게스트하우스 스태프가 말을 건다. 저녁 먹었냐는 물음으로 시작해서 어디 출신이냐는 물음으로 이어진다. 일상에서 들었다면 귓등으로도 안 들었을 텐데 착실하게 대답하며 웃고 있는 내가 당황스럽다. 밤 10시, 영화를 보러 가자는 걸로 결론이 났다. 이상하게 따라나서고 싶었다. 여행지에서는 고삐 하나쯤 풀어도 되지 않을까 하고 생각했다. 아직 순진했던 때...라기보다 순진한 척을 하고 싫었던 건지도 모르겠다. 별 일탈 없이 너무 바른대로만 살아와서 아무리 생각해도 재미있는 에피소드 따위는 없는 내 삶에서 한 번쯤은, 이렇게 혼자 여행을 왔을 때, 뭔가 있어 봐야지 않겠냐는 생각에. 그의 외모나 언행이 마음에 들었던 것은 아니었다. 그냥 이거라도... 하는 생각이었다. 철저히 경험과 에피소드를 위한 선택이었다.

그날 본 영화는 〈히말라야〉였다. 달리 볼 영화가 없었다. 울먹이는 황정민의 얼굴이 포스터 중앙에 박혀있는 CJ 배급의 영화를 제주까지 와서 보다니. 친구들이 보러 가자고 할 때마다 필사적으로 피하던 영화를 제주에서 웬 낯선 사람과 함께 봤다. 딱 예상한 대로의 영화였다. 영화관을 나오면서 남자는 영화적 수사가 어쩌고 감독이 어쩌고 했고 나는 얼른 숙소 침대로 돌아가고 싶었다. 영화도 대화도 재미없었다. 둘 중 하나라도 흥미 있을 줄 알았는데 아무것도 얻지 못한 선택이었다. 남자는 국어 교사 출신인데 학교를 때려치우고 제주에 와서 자신을 찾는 중이라고 했다. 임용고시를 준비할 때부터 제주에서 게스트하우스 스태프로 일하기까지의 자기 인생을 연대순으로 쭉 읊어줬다. 하나도 기억이 안 나는 걸 보니 어지간히 흥미가 없었나 보다. 길게 기른 자신의 머리칼을 자꾸 만지작거리면서 인생의 중요한 게 뭔지 내게 설교하려 들었다. 그런 에너지 낭비가 따로 없었다. 가만히 듣다못해 나는 지금 암 환자인 엄마를 간병하는 중이라고 말했다. 10분쯤 후 남자는 입을 다물었고 그제야 숙소로 돌아갈 수 있었다.

숙소에 도착해서 남자에게 번호를 받았다.

"영화표 값이랑 팝콘 값 꼭 보낼게요."

남자는 그러지 말라고 했고 나는 단호하게 보내겠다고 했다. 남자는 "알겠어요" 하고 피식 웃더니 내 머리를 헝클였다. 시발.

숙소에 들어와 내 손으로 다시 머리를 잔뜩 헝클인 뒤 귀에 이어폰을 꽂고 잠들었다. 어쩌면 알았던 것 같다. 이렇게 찝찝할 거라는 걸. 무슨 짓을 해도 혼자이고 싶은 마음을 상쇄할 수는 없을 거라는 걸. 그걸 꼭 똥인지 된장인지 찍어 먹어봐야 아는 나이냐고 스스로를 힐난하면서 힘겹게 잠에 들었다. 꿈에서 나는 셰르파였다. 나에겐 이름이 없었다. 으레 사람들이 셰르파의 이름을 모르듯이. 그저 묵묵히 산을 올랐다. 정상에 가장 먼저 닿은 건 나였는데 깃발은 내 뒤를 따라온 등산가가 꽂았다. 뉴스에는 그의 이름이 대서특필됐고 사람들은 한나절 동안 그의 이름만을 연호했다. 등산가의 이름이 하나였다가 갑자기 여럿이 되면서 영화 크레딧처럼 뉴스 화면을 타고 올라갔다. 엄마, 아빠, 그 남자, 학교의 이름이 뒤섞여 한참 동안 이어졌다. 그걸 보며 담배를 줄창 피다가 꿈에서 깼다. 난 담배를 피워 본 적도 없는데 그 맛이 입에 남아있는 것 같아서 아침부터 담배를 한 갑 사볼까 하다가 말았다.

고민하다가, 그에게 아무것도 보내지 않았다. 그는 나와 내 번호를 몰랐다. 아무것도 말하지 않았기 때문에. 말할 겨를도 없이 듣기만 했기 때문에. 지루하고 지루했던 일방적 대화 덕분이었다. 나는 엄마와 동생을 만나 사흘을 제주에서

더 보낸 뒤 집으로 돌아왔다. 그리고는 그 사흘짜리 여행에
대해서만 이야기했다.

평범하고 온전하게, 이해 않는 우리

행복의 방식으로 포장된 '평범하다'라는 단어, 그 뒤에 슬그머니 숨겨둔 비합리와 불평등은 흔합니다. 건강한 모부에 딸 하나 아들 하나. 사람들은 우리 가족을 평범하고 화목하다고 칭찬했지만 나는 조용히 그 말을 비웃었습니다. 아무것도 모르면서. 알고 싶어 하지도 않으면서. 이해할 수 없거나 이해하고 싶지도 않은 것들이 많았습니다. 그렇지만 그래도 잘 살아졌습니다. 그마저 '평범함'으로 일컬어졌으니까요.

평범한 학생으로 사는 동안에도 그런 일은 많았습니다. 친구라는 호칭 뒤에 감춰진 위계와 압박, 또래의 평가, 사소하게 시작해서 대단하게 끝나는 신경전, 시시때때로 교차하는 우정과 미움, 그 때문에 주고받는 죄책감, 원한 적 없지만 공기처럼 던져지는 외모에 대한 이야기.

평범 속에선 그런 것들이 모두 당연한 걸까. 이 모든 걸 견디는 것마저 평범인 걸까. 그런 고민을 하다가 성인이 되었습니다. 평범한 어른으로 얼굴을 갈아 끼우며 사는 동안에도 나는 알았습니다. 내 안에는, 굳이 따지자면 평범하지 않은 마음과 경험이 많다는 걸요. 난 참 불편한 것도 화나는 것도 많은 사람이라는 걸요. 좋은 게 좋은 거라고 말하면 좋은 사람이 되고 말 일에, 나쁜 걸 나쁘다고 굳이 말하면서 나는 종종 나쁜 사람이 되곤 했습니다. 그런 시간을 지나면서 나는 자꾸 나와 세상과 사람들에게 인색한 사람이 되어갔습니다. 감추고 숨기고 피하는 방식을 통해 나를 가리고 나면 좀 더 평범에 가까워진 것도 같았습니다.

어쩌다 사람들과 술이라도 한잔하는 날엔 제법 길고 짙은 대화를 나누기도 하지요. 그러면 또 그런 생각이 듭니다. 우리는 모두 평범한 얼굴을 하고 평범하지 않은 시간을 지나며 다시 평범하기 위해 재주껏 숨겨가며 사는 게 아닌가 하고요. 남들과 다르기를 권장하는 사회는 동시에 남들과 같기를 권하고 우리는 정답 없는 균형을 맞추기 위해 이래도 봤다가 저래도 봤다가 하며 사는 중이었습니다. 그런 것까지 평범이라면 뭐, 조금은 이해할 수도 있을 것 같았지만.

평범하다는 말에 대한 이질감이랄지 무용함이랄지 하여간 찝찝한 무언가를 처음 감지한 건 아마도 생일을 대하는 나와 세상의 온도 차를 깨달았을 때였을 거예요. 사랑하는 사람들에게 둘러싸여 유난을 떨고 또 환대를 받는 드라마 주인공이라든가, 오늘이 지나면 쓸모없어질 반짝이나 풍선 같은 것들을 벽에 붙이고, 어색하게 카메라 앞에 서서 기쁨으로 가득 찬 얼굴을 남기고, 내 돈 주고는 절대 못 사 먹을 비싼 케이크에 내 이름이 새겨져 있고... 그런 것들을 관찰하면서 깨달았습니다. 나는 저 정서에 속하지 못했구나. 저런 게 평범한 생일이라면, 그래서 친구도 드라마도 그런 이야기를 하는 거라면, 평범하다는 말은 굉장히 엉성한 단어구나. 내게 생일은 즐거운 날은 아니니까요. 이렇게 말하면 굉장한 불행이 따랐던 것처럼 보이겠지만 실은 그것도 아닙니다. 그저 남들 보기에 그럴싸하게 흉내 낸 행복 속에서 늘 좀 불편했을 뿐입니다. 운동화 속 돌멩이를 미처 털지 못한 채 계주를 앞둔 마지막 주자같은 느낌으로요.

　　물병자리가 생일을 즐기기는 쉽지 않지. 열네 살 땐 그렇게 결론지었습니다. 생일 선물은 왜 가기만 하고 오지는 않는지 야속하기만 했던 초등학생 시절을 보내고 난 뒤였습니다. 겨울방학쯤 태어난 어린이들은 생일이 다가오면 잠깐 들떴다가 금세 우울해집니다. 내복과 니트를 껴입은 둔한 몸으로 손발만 차디찬 계절 한 가운데, 떠들썩한 생일파티를 열기도 애매한 시기. 축하는 마음으로 하는 거라는 가르침을 아무리 듣고 관찰해도 그게 쉽지는 않은 어린 시절이었습니다. 생일이라는 이유만으로 사랑과 축하를 담뿍 받는, 날 좋은 날 태어난 친구들이 어찌나 부러웠는지 모릅니다. 태어난 날을 바꿀 수는 없는 일이니 차라리 생일 별거 없어, 하고 생각하는 게 훨씬 쉬웠습니다. 선택할 수 없는 생일을 탓하는 건 어린 나에게 가장 간편하고 단순한 핑계였습니다. 바꿀 수 없는 것과 적당한 핑계가 매년 쌓이면서 생일쯤이면 자꾸 숨고 싶어졌습니다.

　　조금 더 솔직해져 볼까요.

사실 내가 진짜 싫어했던 건 생일이 아니었습니다. 겨울도 아니었습니다. 내 생일을 대하는 어른들의 방식이었습니다. 어쩐지 내 생일은 늘 사은품 같은 것으로 취급받았습니다. 하나 더 사시면 애도 끼워드려요! 에서 '애'에 해당하는 어떤, 작고 사소해서 있으면 좋지만 없어도 상관없는 그런 것이요. 축하한다고 말하면서 전혀 갖고 싶지 않았던 것들을 안겨주거나, 실은 자신이 원하는 것을 내 선물이라며 건네주고서 뿌듯해하거나, 어차피 꼭 필요했던 준비물이나 교구 같은 것을 생일 두어 달 전에 사주면서 미리 주는 생일선물이라고 퉁치거나, 딱히 필요한 거 없지? 밥이나 먹으러 갈까? 하고 내가 무얼 먹고 싶은지 물어봐 놓고 결국 저들이 가고 싶은 식당으로 향하는 어른들이 미웠습니다. 온전히 보장된 '내 것'을 가져본 기억이 별로 없어서일까요. 그런 기억은 어쩜 이렇게 오래도 가는지요. 나이가 들어서도 이런 것을 촘촘히 기억하는 나 자신이 우습습니다. 아무튼 가장 가까운 이들이 나의 탄생을 홀대하는 동안 나도 거기에 물들어 버렸습니다. 생일 따위 뭐, 뭐라고, 아무래도 좋아. 홀대를 내면화하는 건 생각보다 자연스럽고 부지불식간에 일어나는 일이었습니다. 생일을 시작으로 나는 나의 많은 것들을 홀내하기 시작했습니다. 당연해서 이상한 줄도 모르고요.

금세 만사에 회의적인 청년으로 자랐고 그러는 동안 세상은 SNS에 삶을 인증하기 바쁜 곳이 되었습니다. 사실 내 삶은 별다를 것 없이 애매한데 왠지 생일이 되면 축하하고 축하받아야만 할 것 같은 기분이 들기 시작했습니다. 어쩐지

과장되기 시작한 평범이 낯설었습니다. 없는 에너지를
끌어다가 나 자신을 어여삐 여기는 척하는 건 쉽지 않았습니다.
유별난 행복은 유별나게 자랑하기 바쁜 세상. 그 바쁨이
지뢰처럼 팡팡 터지는 것이 혼란스러우면서도 받아들여지고
싶었나 봅니다. 세상의 유행과 달리 나는 왁자하고 떠들썩한
축하를 받은 적은 없습니다. 겨울방학을 이유로 늘 애초부터
없는 것 취급당했던 나의 어린 시절 생일파티들처럼, 그렇게
차라리 묻혀 지나가길 바란 지가 오래되었습니다. 내 안에는
아직 어린아이가 살고 있었고 나는 걔더러 좀 조용히 하고
자리에 앉아있으라고 윽박지르기 바빴습니다. 내가 싫어했던
어른들처럼 굴었습니다. 시끄러워, 어쩌라고, 알아서 해, 다들
그래, 하면서. 어쩔 수 없는 거라고 맘대로 퉁쳐버리면서요.

　　　새해가 밝았고 나는 늘 그랬듯 생일에 무심한 척하며
1월을 보냈습니다. 아니 실은 하나도 무심하지 않았습니다.
생일이 다가오면 우울해지는 나를 숨기느라 진을 뺐습니다.
들키고 싶지 않은 것도 많았더랬습니다. 별다를 것 없는
생일이겠네, 그런 말을 스스로에게 하면 반 뼘쯤 더
외로워지기도 했지만, 생일에 무심한 사람이 되는 건 또 괜찮아
보였습니다. 짜릿하게 행복할 수 없다면 차라리 의연해지는 게
더 멋지기도 하니까요. 뭔가 초연하고 차분하게 자신의 탄생을
맞이하는 사람이 되는 쪽이 나아 보였습니다. 겪어본 적 없는
행복의 피상을 갈망하는 사람에게 주어지는 선택지는 크게
질투와 갈망, 혹은 실망과 체념으로 나뉩니다. 질투나 갈망은
너무 많은 에너지가 듭니다. 타인으로 향하는 에너지를 쓸

만큼의 여유가 내게는 없었고 더는 그러고 싶지도 않았습니다. 나는 조용히 체념을 손에 쥔 채 쿨함을 연기했습니다. 관객은 아무도 없었지만 적어도 나는 알았습니다. 이게 내 우울에 대한 최선이라는 것을요. 거듭하다 보니 익숙해지기도 했습니다. 약간의 쓸쓸함과 적당한 차분함 속에 몇 주를 보내는 일이 생각처럼 나쁘지는 않았습니다.

　　잠에 잠겼다가 눈을 뜬 어느 아침. 일어나서 기지개를 켜고 창밖을 멍하니 보면서 뇌를 깨웁니다. 전기포트에 물을 올립니다. 카모마일 티백을 머그잔에 넣고, 아침마다 일기처럼 쓰는 모닝페이지 노트를 열었습니다. 날짜를 씁니다. '아 생일이구나?' 새까맣게, 아니 새하얗게 까먹어버렸습니다. 정말로 초연해져 버렸나? 조금 뿌듯하기도 했습니다. 차를 마시면서 노트 위에 밤새 잊어버린 생일에 대해 썼습니다. '생일이다. 작년만 해도 생일이 다가오면 그렇게 우울하더니 올해는 그냥 까먹어버렸다. 별거 아니구나.' 쓰고 보니 더 웃깁니다. 이상하게 외롭지도 쓸쓸하지도 않습니다. '왜 그럴까? 열심히 미리 실망해둔 덕일까? 그렇다면 꽤나 성공적!' 모닝페이지에 마저 썼습니다. 주절주절 모닝페이지 두 쪽을 가득 채우니 머리가 말끔히 비워집니다. 인센스를 피우고 창문을 열고 요가 매트를 폅니다. 가볍게 몸을 풀다 문득 책장에 올려둔 봉투 하나가 눈에 띕니다. "생일 축하해요, 큰 건 아니고 좋아하는 것 같아서"라는 말과 함께 친구가 며칠 전 건네준 봉투였습니다. 생일날 아침에 열어보고 싶어 그동안 책장에 꽂아두었던 걸 깜빡했습니다.

봉투를 슬그머니 열자 나무와 흙의 향을 머금은 인센스와 라이터, 그리고 홀더가 들어있습니다. 아까 불붙인 인센스를 끄고 선물받은 인센스를 홀더에 끼웁니다. 끄트머리에 불을 붙이자 조금씩 타들어 가며 간밤에 고인 체취와 생활의 냄새를 먹어나갑니다. 어딘지는 몰라도 분명 이곳의 것은 아닌 땅의 향기가 천천히 공간을 메우기 시작합니다. 연기가 피어오르는 모습을 사진과 영상에 담았습니다. 봉투를 정리하려는데 안에서 편지가 툭, 떨어집니다. 편지에는 이렇게 적혀 있습니다.

'서로 이해할 수 없는 것들은 여전히 그리고 앞으로도 많겠지만, 그래도 천천히 함께 나아가보아요.'

도망치던 것으로부터 불쑥 위안을 받아버리면 왈칵 눈물이 납니다. '평범한' 정서로부터 도망치면서도 도망치는 나를 들킬까 봐 조마조마했는데, 허무하게도 다 소용없이 괜찮아져 버렸습니다. 좋아하는 사람들에겐 괜찮은 모습만 보여주고 싶었던 내 욕심을 아는지 모르는지, 그런 건 아무래도 상관없고 어차피 우리 사이엔 이해할 수 없는 것들이 많을 테니 천천히 함께 나아가보자는 글자가 머리를 헤집고 들어와 휩쓸고 나갔습니다. 방 안엔 아무도 없는데 내 안의 뭔가는 내게 자꾸 울지 말고 뚝하라고 말합니다. 지금 우는 건 어른일까요 아이일까요. 잘 모르겠습니다. 잠깐 좀 울어볼 수도 있지 뭐 어때 하는 생각이 들었습니다. 티슈로 눈물을 꾹 찍어내면서, 다시 그 문장을 읽었습니다. 나는 아주 즐거운 기분으로 그 말을 되뇝니다. 서로 이해할 수 없는, 이라는 말을요.

섣불리 이해를 말하지도 원하지도 않는 마음속에서 오래도록 찾던 안정과 평화를 느낍니다. 당연하다는 말을 좋아하지는 않습니다만, 어쩐지 그건 당연한 말처럼 느껴집니다. 어쩔 수 없지, 너는 내가 아니니까. 그래도 괜찮아. 너는 내가 아니니까. 오히려 좋아. 너는 내가 아니어서. 나는 나를 온전히 이해받고 싶었다기보다 이해할 수 없음을 인정받고 싶었던 건가 봅니다. 각자의 방식을 태도를 시선을 마음을 그리고 상처를, 그냥 그렇구나 하고 두고 보는 마음이 좋았습니다. 그 마음이 온전히 나를 향해있는 것만 같아서요. 이해보다는 이해할 수 없음을 인정하는 길이 훨씬 더 온전하구나 하고요. 친구는 모를 겁니다. 가볍게 쓴 편지 한 통에 내가 이렇게나 복잡하고도 편안해졌다는 걸요. 알게 되면 조금 부담스러워할지도 모르겠습니다.

서로를 각자의 세계에 붙들지 않은 덕분에 우리는 오래도록 우리였고 앞으로도 그럴 것입니다. '천천히 함께'라면 상처나 눈물도 제법 견딜 만할 겁니다. 열어둔 창문으로 겨울바람이 세차게 부는데 나는 옷을 여미는 것도 깜빡하고 인센스 끝만 멍하니 바라보고 있습니다. 그럼에도 불구하고 잡는 손에 대해서 자꾸만 생각합니다. 잡은 손이 나를 데려가는 곳은 내가 겁을 먹고 지레 도망쳐왔던 다정의 안쪽입니다.

고르는 마음에는 다정이 가득합니다. 지나간 대화와

장면을 돌이켜보고 그 속의 한마디를 포착하는 다정. 세상의 수많은 것들 중에서 상대가 좋아할 만한 것들을 고민하고 고르는 다정. 잘 어울리는 편지지와 엽서를 골라 단어와 말을 조심스레 얹는 다정.

　　어떤 생일, 그 마음은 내게 인센스와 편지를 입은 채 다가왔습니다. 그리고는 실없고 부끄러웠던 내 오랜 외로움을 모두 그저 부스러기로 만들었습니다. 나는 그 부스러기를 손바닥에 꾹꾹 눌러 붙인 뒤 한 번 슥 쳐다봅니다. 별것도 아니네요. 쓰레기통에 탈탈 털어 버린 뒤 뚜껑을 닫았습니다. 자잘하고 작고 볼품없어진 나의 쓸쓸함은 이제 좀 귀엽습니다. 그건 나의 얄팍함의 증거이기도 하지만 내 행복이 얼마나 쉬운 것인지를 증명하기도 하고, 아니 그 둘 모두 아닌 채로 그냥 아주 소중한 사람이 내게 건넨 소중한 기억이 되기도 합니다. 누군가가 나를 떠올렸다는 상상만으로 수십 년간 생일 주변에 쌓아온 외로움이 파스스 날아갑니다. 후 하고 불자 있는 듯 없는 듯 흩어집니다. 여전히 내 주변에 남아있겠지만, 글쎄요. 다시 들여다볼 수는 없게 되었습니다.

거 봐, 맛있지?

동네에서 음식 잘하기로 소문난 집이 꼭 하나씩은 있기
마련이다. 나는 그런 집 자식으로 자랐다. 제철 농산물이
이곳저곳에서 집으로 들어오면 며칠 뒤 개들은 꼭 맛있는
무언가로 변해서 다시 여러 군데로 전해졌다. 고전적으로
겉절이나 열무김치, 불고기 같은 것도 있었고 머위장아찌나
경상도식 콩잎지, 고추장물 같이 아는 사람만 알고, 먹어본
사람만 먹을 수 있는 것일 때도 있었다. 동네 아주머니들은
우리 집에 와서 이 집은 음식을 참 잘한다는 말을 많이 했다.

　　　맛있기로 유명한 것만 먹고 자란 애들은 어떻게 되냐면,
아무렇지도 않게 까탈스러워진다. 대단히 편식하거나 싫어하는
음식이 없으면서도 뭐든 복스럽게 잘 먹지도 못했다. 나와 내
동생이 그랬다. 친구 집 가서 조용히 맨밥에 물만 말아 먹고
올 때도 많았다. 이상하게 김치는 엄마랑 엄마의 엄마 것만
술술 들어갔다. 내 동생은 나이 서른에 아직도 엄마 김치만
맛있댄다. 야, 어디 가서 그런 말 하면 진짜 이제는 조져.

김치맛으로 징징대는 30대 최악이야. 그러고선 둘 다 깔깔 웃는다. 근데 정말 엄마 김치는 맛있으니까. 아, 곤란해. 엄마 때문이야. 그런 말을 뻔뻔하게 잘도 한다. 엄마는 옆에서 아닌 척 굉장히 뿌듯해한다. 아무튼 김치 맛집에서 자란다는 건 길게 봤을 때 별로 좋은 출신 성분은 아닌 것 같다는 게 나와 동생의 결론이었다.

맛있기 때문에. 정말 맛있기 때문에 나는 맛있다고 다섯 번 말하고 싶은 걸 딱 한 번만 말한다. 김치를 담그는 건 쉽지 않다. 엄마도 나이가 들었기 때문이다. 몸은 나이가 들었는데 마음은 나이를 먹질 않아서 자꾸 의욕이 넘치니까 맛있다고 다섯 번 다 말하는 건 무리다. 왜냐면 한 번만 말해도 엄마는 또 김치를 담그려고 하니까. 나는 김치 앞에서 무한한 열정을 가진 엄마가 무서워서 아무 말도 안 하려다가 너무 맛있기 때문에 결국 한 번은 전하게 된다. 김치 맛있더라... 그러면 한 일주일 뒤에 또 연락이 온다. 이번엔 물김치 담갔는데 딸 바쁘니? 하고.

다시 한번 말하지만 김치를 담그는 건 쉽지 않다. 어떻게 알았냐면, 사실 나도 가끔 김치를 담그기 때문이다. 김치라기보다 겉절이지만 아무튼 김치는 김치니까.

규칙적인 식사, 적당한 운동, 충분한 수면을 어려서부터 교육받고도 아무것도 실천하지 못해서 결국 불안과 불면만 깊어진 어른들은 무엇으로든 어떻게든 그 대가를 치르게 돼 있다. 나만 깨어 있는 것 같은 깊은 새벽이면 자연스럽게 스마트폰을 집어 든다. 아무도 대답하지 않는 카톡이나 업데이트 없는 인스타그램을 지나 유튜브에 가도 별로 볼 건 없기 마련인 새벽 3시. 자기 관리에 매년 낙제점을 받고 있는 어른의 불면은 결국 기이한 쇼핑으로 이어진다. 점심 먹고 커피 한잔한 뒤의 대낮이라면, 그러니까 하루 중 몇 시간 안 되는 제정신 상태라면 절대 궁금해하지 않을 홍새우젓의 풍미와 여름맞이 세일 중인 배추 한 포기 앞에서, 새벽의 나는 너무 쉽게 졌다. 다음날 도착한 배추의 크기를 보고 아득해진다. 별수 없다. 절이자.

배춧잎이 U자로 휠 때까지만 절여야 한다. 꺾었을 때 똑 부러지면 아직 더 기다려야 한다. 배추를 절이는 동안 액젓이나 연두, 새우젓, 고춧가루, 청양고추 같은 것들을 믹서기에 간다. 온 집안이 매콤해진다. 거기에 올리고당과 배즙 같은 걸 좀 넣어주면 맛있다. 친구가 지난 겨울에 준 배즙이 아직 남아 있어 콸콸 부었다. 엄마는 매실을 넣던데, 어쨌든 소화에 좋은 건 같으니까 대충 넣는다. 그리고는 버무린다. 고무장갑이 분홍색인 이유가 있다. 이 나라의 주방 물품은 어쩌면 김치에 최적화되어 있는지도 몰라. 주황 국자와 분홍 고무장갑에 다 이유가 있다는 걸 겉절이 몇 번 담그고 나서야 깨달았다. 그렇지만 아직까지 그건 허락할 수 없는 '오늘의 집' 취향의 나…

동거인이 뒤에서 계속 말린다. 꼭 담가야겠어? 그냥 다른 거 먹어도 되잖아. 근데 맛있겠다. 하나 먹어봐도 돼? 와 근데 진짜 맛있는데 다음부턴 하지 마. 힘들어 보여.

동거인이 하는 말 모두 내가 엄마한테 하던 말이어서 웃음이 멈추질 않는다. 그리고 나도 엄마처럼 말했다.

막상 먹어봐라, 맛있어서 잘 먹지.

둘 다 눈을 마주치고는 와하하 웃는다. 젠장. 내가
엄마라니. 내가 엄마처럼 김치를 담으면서 이런 소리를 하다니!
젠장. 내가 이런 소리를 하다니!!! 그러고는 각자 밥 두 공기씩
뚝딱 먹어 치우고 저녁 산책을 나선다.

딱 한 포기 담근 겉절이는 지나치게 맛있어서 줄어드는
게 아까울 지경이었다. 남은 김칫국물이 아깝다며 며칠 동안
냉장고에 가만히 두던 동거인은 결국 라면 끓일 때 그걸 조금
넣어 먹고는 달리 용도를 찾지 못해 울상을 지었다. 우린 정말
한국인이야. 그러게, 어쩌겠어 하고 남은 김칫국물을 버렸다.
다음엔 보쌈김치를 담가볼까봐. 나는 말했고 동거인은 뭐라고
반응할까 고민하고 있었다.

소중한 시간, 다정한 글, 따뜻한 마음. 늘 지현에게 받는 것인데 새삼 고맙다고 말하려니 조금 쑥스럽기도 하네요. 덕분에 책이 한결 더 깊어졌어요. 매번 말하지만, 지현을 만나지 못했다면 이렇게 오늘처럼 글을 쓰고 말을 하는 나는 세상에 나타난 적 없을 거예요. 그런 건 그냥 '꿈'이라고 가둬만 둔 채 늘 마음속에 주저앉히고만 있었겠죠. 너무 고마워서 어떻게 표현해야 할까 늘 고민만 하다가 매번 뻔한 농담을 하고 집으로 사라져버리지, 나는.

잃고 싶지 않은 마음에 지현을 어려워한다고 말한 때가 길지요. 잃지 않으려면 그렇게 해야만 하는 줄 알았어요. 관계에 서툴렀던 스스로를 일으키고 가다듬는 동안 진심의 겉 부분만 상대에게 전하고 돌아서는 바람에 크고 작은 상처를 남겼다는 걸 너무 늦게 깨달았어요. 당신이 내게 너무 소중한 사람이라는 말을 왜 그런 식으로밖에 전하지 못했을까 요즘은 자주 후회해요. 지현에게 받은 응원과 사랑을 그냥 나도 똑같이 전해주고 싶다고, 언젠가는 그러겠다고 있는 그대로 전했으면 될 텐데요. 미안해요. 사실은 사랑이 내가 정말 전하고 싶은 것이었어요. 실은 그것뿐이었어요. 그게 다였어요.

실없는 농담 뒤로 이어지는 대화 속에서, 처음 만났을 때와 마찬가지로 여전히 느껴요. 지현은 참 다정하고 멋진 어른이구나.

그리고 다짐해요. 배워야지. 많이 배워서 나도 누군가에게 저렇게 좋은 사람이 되어야지. 꾸밈없이 솔직해도 반짝일 수 있는 사람이 되어야지. 온 마음으로 사랑할 줄 아는 사람이 되어야지, 하고요.

나의 갈 길이 되어 주어서 고마워요.

사랑해요.

반가운 불친절

콘파냐를 좋아한다. 쌉쌀하고 뜨거운 에스프레소와 달콤하고
차가운 크림이 아래위로 각자의 층을 유지하면서 따로 또
같이 한입에 호로록 들어오는 그 순간을 정말 사랑한다. 특히
첫입과 마지막 모금은 너무나 환상적이어서, 그 두 모금을 위해
한 잔을 다 마신다고 말해도 과장은 아니다. 무슨 조그마한
커피 한 입을 두고 '환상적'이라는 말씩이나 쓰냐고 누군가
말한다면, 나는 그 사람의 손을 잡고 '그곳'으로 데려가
콘파냐를 한 잔 사주고 싶다. 에스프레소와 크림이 함께 꼴깍,
넘어갈 때까지 기다렸다가 함께 웃고 싶다. 먹을 만하지? 하고
묻고 싶다. 그러면서, 야 너무 좋은데? 하는 대답을 기다리고
싶다.

　　뜨겁고 짙은 에스프레소는 빛깔만큼이나 무겁고 쓰지만
혀 안에서 천천히 굴리면 찻잎의 향이 났다가, 과일의 향이
나기도 했다가, 흙과 나무의 내음이 나기도 한다. 그 위로
소담히 앉은 크림은 새하얗고 차가운 데다 달콤하기까지 하다.

조금씩 음미하며 마실 수밖에 없는 콘파냐는 카페인 음료를 하루 딱 한 잔 마실 수 있는 나 같은 사람에게 커피가 줄 수 있는 모든 아량을 베푸는 셈이다. 당도와 온도가 서로 극을 그리는데 한 잔에 함께 담기자마자 완벽한 조화를 만들어 낸다. 상극이어서 조화로운 거겠지. 쓴가 하면 달고, 단가 하면 쓰고. 나는 "이런 게 인생인가 봐"하고 실없는 소리를 하며 커피와 크림이 목을 넘어가는 순간을 만끽한다. 그런 뻔하고 재미없는 말을 하면서 콘파냐를 마시면 얼마나 기분이 좋아졌는지 좀 늦게 들킬 수 있을 것 같아서. 대체로 비관적이고 냉소적인 내가 커피 조금과 크림 약간으로 쉽게(잠깐이지만) 희망에 가까운 사람이 된다는 건 여전히 조금 쑥스러운 일이니까.

크림과 에스프레소를 적절한 비율로 입안에 밀어 넣기까지는 약간의 연습이 필요하다. 데미타스 잔에 입술을 꾹 눌러 찍은 뒤 안쪽에 닿은 윗입술만 살짝 열어본다. 앞니와 잔 사이로 에스프레소가 밀려들어 오도록 잔을 살짝 기울이고, 윗입술로 크림을 조금 끌어모아 함께 한 입 호로록. 그게 잘 안되면 그냥 스푼으로 조금 떠먹는다. 어쨌든 둘 다 같이 입에 넣어주면 된다. 어떻게 먹느냐가 매우 중요해서 맛과 인상을 아예 바꿔놓는 커피도 있다는 걸 콘파냐를 통해 배웠다. 위염으로 병원에 다니는 중에도 콘파냐를 참을 수 없다. 약봉지와 원두 봉지를 번갈아 가며 보다가 남몰래 혼자 콘파냐 한 잔을 털어 넣은 적도 있다. 일주일짜리 위염이 한 달이 가는 걸 감수하고야 마는 미련함을 겪은 뒤에야 자제할 수 있게 됐다.

무언가를 좋아하기 시작한다는 건 기억할 게 하나 더 늘어난다는 뜻이기도 하다. 커피와 크림을 함께 마시는 법과 그 질감, 누군가를 데려가고 싶다는 마음을 알게 된 건 처음 가본 카페에서 용기 내 새로운 메뉴를 주문해보고 난 뒤부터였다. '그곳'에서.

'그곳'은 내가 사는 곳에서 한 시간 반 정도 거리에 있던 카페다. 친구가 좀 독특한 카페를 다녀왔다면서 내게 가보기를 권했다. 그러면서 덧붙였다. "커피가 엄청 맛있고, 좀 불친절한데... 정말 네 스타일이야."

헷갈렸다. 커피가 엄청 맛있어서 좋아할 거라는 건지, 불친절해서 맘에 들 거라는 건지. 처음 그곳에 가서 커피를 마시고 계산을 한 뒤 문을 닫고 나오면서 깨달았다. 커피도, 불친절도 모두 내가 찾던 것이라는 사실을! 그리고 이 친구는 정말 나를 잘 알고 있다는 사실도.

카페에 들어서며 슬쩍 보니 꽤 여러 테이블에 에스프레소 잔이 올라와 있었다. 에스프레소를 주문하는 사람들에 대한 약간의 동경과 편견이 있었다. 되게 멋있어, 근데 멋있어 보이려고 시킨 거 아닐까? 하는. 그날따라 진한 커피가 마시고 싶었고 멋진 카페에서 에스프레소 잔을 옆에 둔 채 작업을 하면 좀 더 멋져 보일지도 모르겠다는 생각이 들었다. 레벨업을 시도해보자. 바로 에스프레소로 가는 건 좀 무리일지도 모르니... 콘파냐 정도면 마실 수 있을 것 같았다. 처음 마셔보지만 처음 주문해본다는 걸 들키고 싶지 않아서 무심하게 말했다. 콘파냐 하나 주세요.

자리에 앉아 조금 긴장했다. 아, 괜찮으려나. 잠시 후 내어진 에스프레소 잔은 내 손으로 직접 쥐어보니 더 작았다. 덜컥 입에 가져가긴 조금 겁이 나서 스푼으로 다소곳이 떠먹었다. 그리고 생각했다. 멋도 멋인데... 다르다. 진득한 커피가 크림을 지나 목을 넘어가는 느낌이 좋았다. 진하고 달고 끈적하지만 이상하게 깔끔했다.

'그곳'의 콘파냐는 공간 그 자체였다. 흙빛의 쓰디쓴 에스프레소 위로 다소곳이 올라간 크림 덕분에 너무 달지도 너무 쓰지도 않은, 그 아슬한 선 위에 자리잡은 무언가. 무심한 듯한 마스터의 표정과 응대 뒤로 슬쩍 모습을 보이는 친절함, 섬세하게 배치된 조명과 멋진 가구들, 조곤조곤 이야기하는 사람들 앞에 놓인 진하고 묵직한 강배전 커피. 좋아하는 음악이 흘러나올 때면 짜릿하기까지 했다. 나 몰랐는데, 오늘 이 음악 듣고 싶었나 봐! 하고 말이다. 여긴 나만의 '스포티파이'인가 싶은 적이 많았다. 아주 진한 에스프레소 위로 적당히 툭 올려진 크림을 함께 먹고 나니 온몸에 카페인과 당이 바로 돌기 시작하는 것 같았다. 뭐라도 해낼 수 있을 것 같은 호기가 머리끝까지 차올랐고 정말로 그날 그 자리에서 쌓여있던 일을 모두 해결할 수 있었다. 바게트 샌드위치 이야기를 빼놓을 수 없다. 그렇게 요란하지도 화려하지도 않으면서 조화롭기만 한 샌드위치는 처음 먹어봤다. 오븐에 한번 슬쩍 구워내 파삭해진 바게트에 입천장이 다 까져도 괜찮았다. 아니, 그래서 더 행복했다. 거기에 아이스 아메리카노 한 잔이면 배보다 마음이 더 불러져서, 멍하게 통창 밖으로 지나가는 사람들을 바라보는 것만으로 일주일 치 행복을 당겨 받은 기분이었다.

먹고 마시는 것도 당연히 좋았지만, 온전히 내게 집중할 수 있는 곳이어서 더 좋았다. 커피를 주문하고 자리에 앉아 기다리고 있으면 테이블 위로 커피가 전해지고, 낮은 목소리로 상대와 이야기를 나누다 보면 수다가 아니라 대화가 시작됐다. 높고 튀는 목소리로 기억을 다다다 던지기보다 한 겹 누른 소리로 조곤조곤 단어를 씹고 그 단물을 빨아 삼키며 차근차근 대화할 수 있는 곳이었다. 적당한 음악 볼륨 위로 사람들의 말소리가 나긋하게 뒤섞여 고요하지 않아도 차분할 수 있는 곳이었다.

'그곳'에선 3장 이상 사진을 찍을 수 없었다. 스태프나 다른 손님의 사진을 찍는 즉시 카페에서 나가야 했다. 3인 이상이 한 번에 이용할 수도 없었다. 큰 목소리로 시끄럽게 떠들 수도 없었다. 할 수 없는 것과 제재가 많아서였을까, 포털 사이트 검색 결과에서는 반응이 크게 엇갈렸다. 다른 곳에서는 통용되거나 장려되는 일들이 금지됐고 사양 됐으니 어쩌면 예상된 결과일지도 모르겠다. 그러나 커피를 마시며 작업을 하러 갔다가 생판 모르는 사람의 인스타그램에 내가 업로드될까 봐 신경을 곤두세울 필요가 없는 곳이었다는 점은 내가 그곳을 계속 찾을 수밖에 없는 이유였다. 많은 사진이 찍히고 인스타그램에 업로드되는 것이 성공과 직결되는 흐름 속에서 '3장 이상 사진을 찍지 마세요'라고 말하기까지 얼마나 많은 결단이 필요할까. 손님들의 반대와 트렌드라 불리는 흐름 앞에서 공간에 대한 자신의 철학을 고수하는 사람의 존재가

내게는 큰 응원이었다. 그래도 되는구나, 하고 생각했다가
당연히 그래도 되지! 하는 깨달음으로 이어졌다.

　　사람들이 카페의 서비스에 어느 정도의 친절을
기대하는지는 모르겠지만, 최소한의 대화와 정확한 주문과
효율적인 응대, 그 정도면 충분한 거 아닐까. 주문과 응대가
적당히 메마르고 간결하게 이루어지는 효율적인 의사소통이
내겐 오히려 편했다. 억지로 웃거나 서로 과도하게 친절을
연기하지 않아도 된다는 점에서. 보통 어느 쪽 입장에 서든
불친절해 보이지 않으려고 안간힘을 쓰는, 얼굴의 기본값이
무표정인 나 같은 사람에겐 그랬다. 이런 게 불친절이라면
얼마든지 환영이었다. 블로그 리뷰 속의 사람들은 아무래도
그렇지 않은 것 같았지만. 마스터의 목소리가 작다, 사진을
찍지 말라고 한다, 떠들지도 못하게 한다 등등. 그런 걸 읽으며
생각했다. 가끔 세상이 친절을 요구하는 방향이 반대로
흐르고 있는 게 아닌가 하고. 우리가 치를 수 있는 건 테이블
위에 놓일 커피와 음식의 값, 그 정도가 전부 아닌지. 공간에
기대하는 것이 일정 수준을 넘어선 '대접'일 때부터 서로의
합의에 균열이 생기는 건 너무 자연스럽지 않은지. 그러니 그
자연스러움을 차라리 감당해야 하지 않을지.

　　디카페인 원두가 모두 소진되었다는 말에 어쩔 수 없이
그냥 커피를 주문했던 어느 저녁, 조용히 건네진 커피 한 잔은
평소보다 훨씬 연하고 부드러웠다. 원래 여기 커피가 이렇게
부드러웠던가 하고 있는데 따뜻한 물 한 잔이 잠시 후 테이블
위로 전해졌다. 샌드위치 주문이 밀려 오래 기다려 음식을

받은 어느 날엔 주문한 적 없던 아이스 아메리카노 한 잔이
함께 나왔다. 아무리 생각해도 아니 누가 봐도 그건 호의였다.
무심한 친절과 다정한 모른 척. 늘 '행인 1'처럼 조용히 왔다
조용히 떠나고 싶은 사람에게 더할 나위 없이 반가운 공기가
거기에 피어있었다. 아휴, 또 오셨네요로 시작해서 이런저런
개인정보를 공유하면서 친해지는 방식만 가질 수 있는 어떤
정겨움이나 다정함도 물론 있다. 하지만 혼자의 평온함과
아무 말도 하고 싶지 않을 때, 할 수 있는 최대한 익명의 '손님
1'로 머물고 싶은 나 같은 사람에게 '그곳'은 어떤 곳보다
자연스럽고 편안한 곳이었다. "우리 서로 지나친 에너지를 쓰지
말아요" 하고 말하는 곳. 마음에 없는 소리를 하지 않아도 되는
곳. 그곳에 앉아 커피를 마시는 나 자신에게만 온전히 집중할
수 있는 곳. 그런 곳.

　　　적당한 거리와 온도 차 안에서 서로는 더욱 각자일 수도
함께일 수도 있다고 믿는다. 카페 한 곳에 대해 이야기하면서
너무 거창하게 와버렸나. 그렇지만 나는 그곳에서 정말 많은
걸 배웠다. 언젠가 내가 내 공간을 가진다면 꼭 이런 공기를
가진 곳이면 좋겠다고, 그런 곳에서 나와 비슷한 사람을 만나
멀찌감치에서 서로를 투명하고 온전하게 응원할 수 있다면
행복하겠다고, 오래도록 그리고 아주 여러 번 생각했다. 몇
군데의 단골 카페를 잃은 뒤 만난 '그곳'은 그래서 내게는
더없이 완벽한 곳이었다. 공간에 머무는 모든 이들의 대화와
안온함을 보장하는 마스터의 규칙 덕분에 '그곳'을 찾은 모든
사람은 대화의 맛과 향과 공기까지 모두 길게 기억할 수 있을

테니까.

그곳은 지금 없는 곳이 되었다. 한 가게가 사라지는 건 단지 한 사람의 장소가 사라지는 것보다 훨씬 더 무거운 일이라는 걸 이제야 깨닫는다. 어떤 이가 취향과 철학을 오롯이 담아 눈앞에 3차원의 공간으로 그려놓은 곳을 어느 순간 다 함께 잃어버리게 되는 일을 '폐업'이라는 한 단어로 일축해 버리는 건 좀 불공평하다고, 뒤늦게 생각한다. 좋아하던 공간이 사라지는 건 타인의 삶에서 한 구간이 상실되는 일을 나도 함께 경험하는 일이 아닐까. 그 안에서 공간과 공기를 향유하던 사람들의 시간도 덩달아 사라질 수도 있다는 걸 나는 그곳이 사라지면서 실감했다.

부재를 통해 소중함을 깨닫는 미련함은 언제쯤 사라질까. 얼마나 좋아했는지 절실히 깨닫는 시점이 사라지고 나서라니. 나는 자꾸 같은 실수를 반복하고 좋아하는 것들은 계속해서 말도 없이 사라진다. 언제든 갈 수 있는 곳이라면 지금 이렇게 글을 쓰는 일도 미루고 또 미뤘을 것이다. 사라지고 나서야 그리워하는 것은 인간의 오랜 습관이고 미련이라는 걸 나는 알면서도 또 무언가를 미루고 있겠지.

무심한 친절이 한 공간으로 태어나 여러 사람을 만나기까지 아마도 마스터에게 필요했을 용기와 심지가, 오래도록 그리울 듯하다. 좋아하는 무언가 사라지는 건 언제 겪어도 울적한 일이다.

결국 닿고 싶은 곳은,

바꿀 수 없는 것들에 대한 원망 때문에 나는 자꾸 과거로 향한다. 성장 환경, 지나온 시간, 만났어야 하는 혹은 만나지 말았어야 하는 사람들, 들었으면 좋았을 말들, 듣지 않는 게 훨씬 좋았을 말들, 그것들이 내게 남긴 상처, 내가 일부러 껴안은 상처, 타인에게 내가 남겼을 상처, 뱉자마자 후회한 말들, 그 어느 것도 선명하게 알지 못할 거라는 확신, 거기에서 오는 막막함, 정답이 없는 것만이 정답이라는 인생을 예측할 때 느끼는 두려움. 그 모든 것들이 분노의 모습을 하고 내 안에 차오른다. 그럴 때마다 나는 마음껏 나를 미워했다.

　　괜찮은 하루를 보내는 동안 잘 미뤄뒀던 미움은 먼지를 씻어낸 말간 얼굴로 침대에 눕자마자 베개 위로 쏟아지곤 했다. 처음엔 좌절했고 갈수록 초연해졌다. 내버려 두고 나서야 비로소 개운해졌다. 내가 만든 터널 하나를 지나고 나면 당분간은 곧게 혹은 곧은 척 살아갈 수 있었다. 터널이 언제 닥칠지 모르는 상태에서는 순간의 풍경에 취하는 것조차 쉽지 않았다. 두려움을 소원이라도 하는 양 나는 늘 언제쯤 다시 어둠이 올까 노심초사했다.

　　나를 미워할수록 바깥의 것들을 쉽게 미워했다. 길을 가다 부딪히는 사람을 흘겨보거나 공공장소에서 큰 소리로 떠드는 사람들을 빤히 쳐다보며 눈치를 줬다. 악의 없는 농담이나 약간의 무례에도 오물을 뒤집어쓴 것처럼 굴었다. 그걸 나의 권리라고 착각하면서. 진짜 미웠던 건 그런 게 아니었으면서. 좋아하는 것보다 싫어하는 게 많아졌고 싫어하는 걸 계속 들여다봤다. 그러다 온통 세상이 미워졌다.

　　좋아하는 것에 대해 말할 수 없는 사람이 되었을 때, 좋아하는 것에 대해 말한다는 게 무엇인지 떠올리기가 쉽지 않아져서야 퍼뜩 정신이 들었다. 이런 사람으로 살고 싶지 않았다는 게 떠올랐다. 내가 보고 말하는 것이 언젠가는 내가 되고야 만다는 걸 알아서야 과거를 놓을 수 있었다. 과거나 나를 원망하게 만들던 날을 지나 어느새 나는 미워하기 위해 과거를 이용하고 있었다. 이용당한 과거는 보란 듯 나의 오늘을 막막하게 만들었다. 먼저 놓을 수 있는 건 나뿐이었다. 조금 늦게 알았다. 그래도, 알게 되었다.

　　나는 여전히 나를 말하고 쓰고 읽는다. 그게 부끄럽다. 아직도 싫어하는 것에 대해서 잘 말하는 사람이기 때문에. 이건 이래서, 저건 저래서, 아니, 도대체, 왜 등의 말들로 시간을 수놓을 수 있기 때문에. 다만 그런 나를 더 이상 집요하게 바라보지는 않는다. 이 악물고 외면하고 도피하는 법을 여럿 장만해뒀다. 다행히 내겐 도피처가 많다. 친구와 글과

친구가 쓴 글과 세상과 모르는 이들의 따스함이나 아이들의
눈망울이나 갑자기 닿은 연락 같은 것들. 알고 보면 늘 그
자리에 있던 것들, 사랑하는 것들.

　　　사랑하는 것들에게, 사랑할 줄 아는 나의 어떤 면모에게,
그리고 대가를 바라지 않는 어떤 사랑에게 제대로 감사할 줄
알 때까지 나는 그곳으로 몇 번이고 도피하고 힘차게 얼굴을
묻는다. 들여다보는 것만으로는 부족해서 머리를 푹 담근다.
그렇게 각오한 채 시간의 분절을 보내고 나면, 싫어하는 것이
사라지지는 않더라도 희미해진다. 잠깐 기억 뒤편으로 몇
걸음 숨어든다. 그 틈을 타서 나는 좋아하는 것을 좋아하려고,
사랑하려고, 잘 수식하고 빗대고 다듬고 빚어서 말하려고 한다.
되도록 사랑의 사면을, 보고 싶다. 쓰고 싶다. 그러니 곁에 두고
싶다. 그러다

　　　사랑하는 것이 되고 싶다.

세현에게

대화는 자주 잊히지만 글은 오래 남으니까. 그렇게 쓰다 보면
사라진 것만 같던 대화도 다시 생생해지는 걸 느껴. 잊지 않으려고
쓰는 걸까. 왜 쓰는지를 고민하기엔 아직 내 자신이 너무 애송이
같지만… 한심하고 쓸모없다고 느껴질 때 늘 나보다 나를 더
응원해주어서 고마워. 그런 응원을 받는 행운은 어디에서 왔을까.
나도 잘 모르겠어. 고민하거나 미안해하지 않고 그저 고마워하기로
했어. 응원은 역시 사랑으로 돌려주는 수밖에 없겠지.

서늘하고 춥고 따스하고 더운 어느 날들을 지나면서 쓴 글들이
누군가의 마음에 가닿는 건 아무래도 역시 멋진 일이야. 나는 나의
이야기로, 너는 누군가의 이야기로 어쨌든 우리는 연결될 거야.
슬플 땐 슬퍼서, 기쁠 땐 기뻐서 괜찮은 날들엔 항상 사랑과 다정과
연결이 있어.
적당히 앉아서 기다리다가 조금 지겨우면 일어나 달려서
쟁취해봤다가 또 지치면 가만히 누워있기도 하고. 그냥 그게 인생
아닐까. 서른하나의 마지막 날 생각해봤어.

그냥. 정말 그냥이다. '그러려니'와 '뭐 어때'와 '어쩌라고'가
이리저리 오가는 날 속에 정신을 못 차리는 것이 그야말로 인생 그
자체다. 뭐 그런 생각. 하나 마나 한 생각. 그래서 편안해지는.

올 한 해에도 네 개의 계절이 남았지. 여전히 나는 너와 매 여름을 같이 보내고 싶어. 곁에 있어 주어서 고마워. 나의 친구로 남아 주어서 더 고맙고.

적당하거나 가득 찬 사랑 속에 살자.

상온보관의 마음

초판 1쇄	2022년 10월 31일
초판 3쇄를	2024년 3월 11일로 끝낸 후
2판 1쇄	2025년 2월 7일

지은이	진서하
편집·디자인	희석

펴낸곳	발코니
전자우편	heehee@balconybook.com
인스타그램	@balcony_book

ISBN	979-11-92159-05-8 (03810)
값	14,500원